Tânia Alexandre Martinelli

ENTRE LINHAS
ADOLESCÊNCIA

Pai? Eu?!

Ilustrações: Cláudia Ramos

4ª edição

Conforme a nova ortografia

ATUAL EDITORA

Série Entre Linhas

Editor • Henrique Félix
Assistente editorial • Jacqueline F. de Barros
Preparação de texto • Lúcia Leal Ferreira
Revisão • Pedro Cunha Júnior (coord.) / Edilene Martins dos Santos
Marcelo Zanon

Gerente de arte • Nair de Medeiros Barbosa
Supervisão de arte • Marco Aurélio Sismotto
Diagramação • MZolezi
Projeto gráfico de capa e miolo • Homem de Melo & Troia Design

Suplemento de leitura e projeto de trabalho interdisciplinar • Janaína Audi Urea Ordoñez

Dados Internacionais de Catalogação na Publicação (CIP)
(Câmara Brasileira do Livro, SP, Brasil)

Martinelli, Tânia Alexandre
Pai? Eu?! / Tânia Alexandre Martinelli ; ilustrações Cláudia Ramos. – 4ª. ed. – São Paulo : Atual, 2009. – (Entre Linhas: Adolescência)

Inclui roteiro de leitura.

ISBN 978-85-357-1016-8 (aluno)
978-85-357-1017-5 (professor)

1. Literatura infantojuvenil I. Ramos, Cláudia. II. Título. III. Série.

CDD-028.5

Índices para catálogo sistemático:

1. Literatura infantojuvenil 028.5
2. Literatura juvenil 028.5

SARAIVA S.A. Livreiros Editores
Rua Henrique Schaumann, 270 – Pinheiros
05413-909 – São Paulo – SP
Fone: (0xx11) 3613-3000
Fax: (0xx11) 3611-3308 – Fax vendas: (0xx11) 3611-3268
www.editorasaraiva.com.br

4ª edição/2ª tiragem
2010

Visite nosso *site*: www.atualeditora.com.br
Central de atendimento ao professor:
0800-0117875

Impressão e acabamento: Corprint

ENTRE LINHAS
ADOLESCÊNCIA

Pai? Eu?!

Tânia Alexandre Martinelli

Suplemento de leitura

Pai? Eu?! conta uma história parecida com a de muitos adolescentes: seus protagonistas estão procurando decidir que carreira seguir, buscando seu primeiro trabalho e sua independência, e se descobrindo sexual e afetivamente. Porém, nesse momento crítico de autoafirmação e descobertas, uma gravidez inesperada pode alterar o rumo dos acontecimentos e apressar a entrada na fase adulta, trazendo novas responsabilidades...

Por dentro do texto

Enredo

1. Por que Luca decidiu deixar Urânia e morar em Santos?

2. Logo que chegou a Santos, Luca passou a procurar trabalho. Foi fácil para ele arrumar seu primeiro emprego? Por quê? Como ele o conseguiu?

3. Luca e Cláudia não tinham namorado até ela ficar grávida. O que você pensa desse tipo de relação? Em sua opinião, esse fato deve pesar na decisão de ter ou não a criança?

4. O tio de Luca e os pais de Cláudia querem que os dois se casem e formem uma família no modelo tradicional. O que você acha dessa visão? Você concorda que essa seja a melhor solução?

5. Os pais de Cláudia disseram que, pelo fato de ter sido a filha quem engravidou, o desgosto foi maior do que se tivesse sido com a namorada do filho. Você acha que a situação de Luca é mais confortável que a de Cláudia? Justifique sua resposta.

6. Guilherme e Patrícia se conheceram numa festa, se envolveram e acabaram transando. Por que Guilherme não usou camisinha?

7. Qual a doença que Guilherme contraiu e em que tipo de classificação ela se enquadra?

8. A possibilidade de Guilherme ter contraído HIV levou Luca a refletir sobre a responsabilidade de se envolver sexualmente com alguém. Qual a visão do pai de Guilherme sobre essa responsabilidade, que agradou a Luca por ser simples e eficaz?

9. Como Luca se decidiu a prestar vestibular para Administração de Empresas?

19. Existe uma dificuldade maior em fazer a defesa da ausência de responsabilidade de Luca ou a de Cláudia? Por quê? Converse com seus colegas a respeito disso.

20. Em certo momento do livro, Guilherme diz a Luca que pretende, um dia, ser candidato a algum cargo político, e pergunta ao amigo se pode contar com seu voto. Luca primeiro responde que não, depois diz que, caso Guilherme se candidate de fato, pensará no assunto com cuidado. E você, o que pensa sobre isso? Você acha que o simples fato de ser amigo de uma pessoa seria suficiente para você votar nela? Escreva uma dissertação sobre isso.

Atividades complementares

•

(Sugestões para Ciências e Ética)

21. O livro trata a questão do aborto sem se aprofundar muito. Faça uma pesquisa sobre o assunto, enfatizando os seguintes aspectos: as leis referentes ao aborto (casos em que é permitido por lei, como é feito o processo de legitimação dos casos, etc.); no caso de abortos ilegais, os riscos relacionados à saúde da gestante, quando sujeita a clínicas clandestinas e sem fiscalização sanitária, ou mesmo nos abortos caseiros, por meio da ingestão de remédios, ervas abortivas, uso de objetos cortantes, etc. Sugestão de *site* para pesquisa: www.sexualidades.com/index.php. Entre na seção "aborto".

22. Assista ao filme *Confiança* (título original *Trust*), de Hal Hartley. De maneira sutil e pouco convencional, ele trata dos conflitos de uma jovem grávida.

ATUAL EDITORA

14. Essa história se passa na atualidade. Que dados fornecidos pela autora nos permitem fazer essa afirmação?

15. Santos é uma cidade muito maior do que Urânia. Na sua opinião, de que modo o fato de Luca ter-se mudado para uma cidade grande influenciou na sua mudança de comportamento e mentalidade?

Linguagem

16. A autora usa uma linguagem oral com gírias e expressões que escapam da norma culta. Em sua opinião, qual sua intenção ao usar esse tipo de linguagem?

Produção de textos

17. Imagine uma personagem Cláudia bem diferente daquela que é descrita no livro: acha que não tem a menor responsabilidade por ter engravidado. Agora suponha que você é essa personagem e escreva uma carta para uma amiga, desabafando e expressando seus sentimentos em relação à gravidez, a Luca, etc.

18. Faça o mesmo em relação a um "novo" Luca, que está convicto de que não tem a menor responsabilidade em relação à gravidez de Cláudia. Imagine que você é esse Luca e escreva uma carta para um amigo defendendo seu ponto de vista, desabafando, etc.

Personagens

10. Em algum momento da história, Luca conseguiu se ver como pai? Justifique sua resposta.

11. Cláudia e Luca decidiram namorar por causa da gravidez; mais tarde, percebendo que não era isso o que realmente queriam, resolveram se separar, não correspondendo às expectativas dos que estavam à sua volta. Você concorda com a decisão deles? Por quê?

12. O pai de Luca precisou de um tempo para assimilar a nova situação do filho. Na segunda conversa entre eles, os dois conseguem se entender. Esse fato foi de suma importância para Luca. Por quê?

Tempo e espaço

13. A história cobre um período de tempo na vida de Luca. Qual é esse período?

Sumário

Para
Maria de Lourdes e Osmar Martinelli.

Primeiras decisões

A conversa começou mais ou menos assim:

– Tem certeza mesmo, Antônio, de que o Luca não vai dar trabalho indo morar com vocês?

– Claro, Agenor! O Luca escolheu bem. Santos é uma cidade muito boa para ele continuar os seus estudos depois. Universidades ótimas. Sei que ele sempre foi muito esforçado, vai aproveitar bem as oportunidades.

– Bom, se você está dizendo...

– Não se preocupe. E você, Luca? O que acha?

– Acho tudo ótimo, tio!

– Pois, então, você termina este ano aqui, termina o seu nono ano direitinho e, no ano que vem, você passa a morar com a gente. Tenho certeza de que você vai adorar a sua nova cidade, Luca!

– Eu também, tio.

E foi assim que me mudei para Santos, há dois anos e pouco. Deixei Urânia, cidade em que meu pai trabalhou a vida inteira com venda de alimentos. Ele é dono de uma mercearia onde eu, desde pequeno, sempre dava uma mão. Chegava da escola, almoçava, fazia todas as lições e depois ia para lá ajudar.

O que aconteceu foi que, já naquela época do novo ano, eu começava a viver um dilema dentro de mim. Ia terminar o ano, cursar o ensino médio e ficar trabalhando para sempre na mercearia do meu pai? Ia estudar para quê? Seguir que profissão?

Falei para o meu pai que o que eu queria mesmo era me mudar para Santos, arrumar um emprego e fazer faculdade. Quase o deixei maluco de tanto repetir a mesma coisa. É que o meu tio sempre falou que, se um dia eu quisesse estudar aqui em Santos, cidade onde ele, minha tia e minha prima moram há praticamente dez anos, era só falar que todos me receberiam muito bem.

E eu achava que a melhor coisa para mim e para o meu futuro era mesmo vir para cá. Ia ser muito mais fácil do que me mudar, um dia, para uma cidade em que eu não conhecia ninguém.

Como eu disse, meu sonho era estudar, fazer faculdade, escolher uma profissão, ganhar dinheiro, ter uma vida confortável e, quem sabe, depois de tudo isso, formar uma família, ter filhos... sei lá. Mas antes, bem antes mesmo, eu precisava cuidar de mim e do meu futuro.

Demorou um pouco para eu arranjar o meu primeiro emprego aqui. Primeiro emprego... Essas duas palavras assustam muita gente e, como não poderia ser diferente, assustaram a mim também.

É difícil, muitas vezes as empresas querem alguém com experiência, que já tenha trabalhado com isso ou com aquilo... Imagine para quem ainda nunca trabalhou em nada!

Foi somente quando já estávamos quase no final do ano que consegui. Arrumei um emprego numa imobiliária, lugar onde trabalho até hoje.

Eles estavam precisando de alguém para receber os clientes, atender o telefone e ir ao banco. Mais ou menos como um *office-boy*.

Na verdade, foi meu tio quem me deu uma força. Ele tinha um conhecido que trabalhava lá como corretor de imóveis e pediu que ele falasse sobre mim.

Ainda bem que a dona Isabel, a dona da imobiliária, achou que não tinha problema eu nunca ter trabalhado. Disse que daria para me ensinar. Não é todo mundo que pensa assim. Às vezes as pessoas se esquecem que também começaram um dia.

Bom, o fato é que não sou mais *office-boy* há algum tempo. Estou trabalhando agora no escritório mesmo. Decidiram contratar uma recepcionista e um outro rapaz faz hoje o serviço de banco.

Gosto do meu trabalho, ele me ajuda a me manter aqui em Santos na casa dos meus tios. Sempre tive na minha cabeça que eu viria para cá a fim de estudar, trabalhar e me sustentar com o meu trabalho. Não tinha cabimento eu deixar tudo por conta dos meus tios ou ficar dependendo exclusivamente de os meus pais me mandarem dinheiro.

Claro que eu precisei algumas vezes e eles me quebraram o maior galho, como na época em que eu fiz um curso de informática e não tinha nem emprego. Eu não tinha grana para bancar o curso e foram os meus pais que me deram essa força.

Depois foi mais fácil, quando eu arranjei este emprego. Claro que eu não deixei de pensar em melhorar a vida, em conseguir tudo o que eu sempre tinha sonhado, enfim, de lutar em busca dos meus objetivos.

Mas a sensação que eu tenho é de que a ordem das coisas, dos meus sonhos, foi atropelada de uma hora para outra. De repente uma tempestade começou a desabar sobre mim e eu não sabia mais em que pensar. Simplesmente, não conseguia.

Às vezes sinto uma saudade lá de Urânia! Da minha escola, da turma, daquela molecada, da minha infância, da falta de responsabilidade. Tudo agora tinha um outro peso. Tudo.

A minha prima, a Thaís, é um ano mais nova que eu. Estudamos na mesma escola, só que ela na parte da manhã, pois, ao contrário de mim, a Thaís ainda não trabalha. Ela e a Cláudia estão na mesma classe.

A Cláudia... A gente se conheceu por causa da Thaís. São superamigas já há muito tempo. Só elas não, a família toda é muito amiga. Foi o pai dela que deu a maior força para o meu tio quando ele chegou aqui com a família.

Acabei ficando com a Cláudia algumas vezes, mas, de verdade, nunca namoramos. Tá certo, a Cláudia é uma garota legal e tudo, mas na minha cabeça a gente só estava curtindo o momento. Isso era o que eu achava e achava que ela também pensasse assim.

Sei lá, depois do que ela me disse... Mas, por outro lado, por que não deixar a Cláudia resolver tudo e pronto?

Quem sabe assim não fosse melhor mesmo para todo mundo?

A descoberta

O que aconteceu foi o seguinte: eu tinha acabado de chegar do meu trabalho e topei com a Cláudia mais a Thaís me esperando na varanda da casa dos meus tios. Claro, minha casa também.

Só que a Thaís entrou assim que eu cheguei. Ela estava com uma cara! Nossa! Parecia que tinha visto um fantasma.

Também, eu não podia nem imaginar que a Cláudia fosse falar o que falou:

– Tô grávida.

– Quê?

– Tô grávida.

– Não pode ser!

– Mas é.

Assim. Foi desse jeito que ela me deu a notícia. Pode isso?

Meu coração batia acelerado. Parecia que tinha uma bomba dentro de mim. Tentei me refazer do susto e falei, quando consegui:

– Você... você tem certeza, Cláudia?

Ela me respondeu com certa impaciência:

– Eu tenho, Luca, eu tenho. Já fiz o exame.

Eu estava bastante assustado. E surpreso.

– Mas... você não me falou nada... não me contou que suspeitava...

– E ia falar pra quê, Luca? – ela me interrompeu. – A gente nem tem ficado mais!

Fiquei sem ação. Depois de um tempo, ela continuou, olhando para mim, com um jeito de pouco caso:

– Eu nem ia mesmo te contar, só que aí a Thaís ficou falando, falando...

Ela parou de falar. Eu também não disse mais nada. Ficou aquele silêncio.

Comecei a andar de um lado para outro. Coloquei a mão na testa, respirei várias vezes seguidas. Estava ficando gelado. Suando.

Não era possível que tudo isso estivesse acontecendo comigo. Não era possível! Se eu fosse um cara que transasse com toda garota que aparecesse, vá lá. Mas, poxa! A Cláudia tinha sido só a segunda menina com quem eu tinha transado na minha vida! E também nem foram tantas vezes assim. Por que esse azar tinha que acontecer logo comigo, me diz?

Olhei para ela novamente.

– Senta aqui, Cláudia.

Puxei a Cláudia para se sentar junto comigo num degrau que tinha no final da varanda. Ela se sentou. Sentou e ficou olhando para mim. Parecia que estava esperando que eu dissesse alguma coisa. Mas eu ia falar o quê? Eu estava era com um nó na garganta, isso sim.

Mas ela falou primeiro, com uma cara de quem parecia ter resolvido alguma coisa:

– Eu não quero ser mãe, Luca.

Peguei na mão dela. Sei lá, queria confortá-la, mas sentia que eu é que estava precisando de conforto naquela hora. Mesmo assim tentei, falando com a voz mansa:

— E o que é que a gente pode fazer, Cláudia? Você mesma disse que já confirmou... Não tem jeito...

— Tem, sim. Eu não quero ser mãe — ela repetiu, enfática. — Eu vou tirar esse bebê.

— Você vai o quê?

Levei um baita susto. Outro.

— Eu vou tirar, Luca. Eu estou de dois meses e ninguém ainda sabe dessa gravidez, só contei pra Thaís. É só fazer tudo rápido que ninguém, mas ninguém mesmo vai ficar sabendo de nada!

— Mas, Cláudia, você tem certeza?

— Tenho. Eu não posso dar esse desgosto pro meu pai. Nem pra minha mãe. Você sabia, Luca, que o meu pai tem problema no coração? Você acha que ele ia aguentar uma decepção dessas?

Eu não disse nada. Só fiquei olhando para ela, sem saber o que dizer.

Acabei nem indo para o colégio nessa noite. Eu e a Cláudia precisávamos conversar direito, por isso eu a chamei para dar uma volta.

A gente ficou um tempão sem falar nada. Ficamos caminhando devagar, algumas vezes respirando fundo, acho que tentando entender por que é que a gente tinha que passar por uma coisa dessas. Eu não achava justo. Nem um pouco.

— Luca... — Ela começou.

— O quê?

— Você acha que eu vou fazer a coisa certa?

— Sei lá...

Continuamos caminhando devagar, olhando para frente, para o vazio. Depois de um tempo, ela me perguntou:

— Você quer ser pai, Luca?

Pai. Aquilo quase me matou. Doeu. Me alucinou. Claro, porque até então eu só tinha pensado: a Cláudia tá grávida, a Cláudia tá grávida, a Cláudia tá grávida. Não tinha pensado nada nesse negócio de pai.

Pai? Eu?!

Andamos durante mais algum tempo em silêncio. Era difícil responder, avaliar, pensar em toda essa situação em menos de uma hora, tempo em que eu tinha ficado sabendo de tudo.

– E então, Luca?

– Bom, Cláudia, quem é que quer ser pai aos 17 anos?

– E eu que ainda tenho 16...

– Mas também...

– Também o quê?

– Será que é certo, Cláudia? Será que a gente tem esse direito? Será que a gente ainda pode optar por querer ou não querer ser pai ou mãe nesta altura dos acontecimentos?

Cláudia retomou a conversa:

– A Thaís não acha certo.

Olhei para ela com os olhos arregalados.

– Você contou pra ela que quer tirar o bebê?

A Cláudia fez uma cara de que isso não tinha a menor importância.

– Contei, é claro! Eu precisava falar com alguém.

Aí ela olhou para mim, com uma cara de brava:

– Você pensa que está sendo fácil, Luca?

Balancei a cabeça, imediatamente.

– Eu sei que não, Cláudia. Aliás, eu nem sei como você tem aguentado segurar tudo isso sozinha até agora... Você é muito forte.

Ela deu uma risada, com ar de deboche.

– Forte... Muito forte... Acabei de dizer para você que eu não quero...

– Mas não é culpa sua, Cláudia! Você disse que o seu pai...

– Além disso, eu não posso ser mãe, Luca! Você acha que eu tenho condições? Eu tenho só 16 anos, poxa!

– Nem você nem eu...

– Então? Não tem nada a ver eu ter um bebê agora!

Ela respirou fundo antes de continuar. Depois, soltou todo o ar de uma só vez:

– Um bebê! Que loucura, meu Deus! Que loucura!

Eu concordei com ela:

– Você tem razão, Cláudia. Um bebê agora não tem mesmo nada a ver com você. Nem comigo. É uma loucura...

Ela me olhou outra vez. Segurou em meu braço e me fez parar de caminhar.

– Então você concorda comigo? Acha certo?

O que é que eu poderia falar? Não estava em condições de ajudá-la a resolver isso. Ela ficou me olhando, aqueles olhos insistindo em saber a resposta. Não dava para dar resposta alguma naquela hora.

– Eu não sei, Cláudia – foi só o que consegui dizer.

Ela deu um suspiro, soltou o meu braço e voltamos a caminhar. De repente, ela acelerou o passo. Também acelerei para acompanhá-la.

– Você também não me ajuda em nada! Em nada! Que droga! – desabafou, numa voz furiosa.

– Cláudia! Como é que você quer que eu te ajude assim, de repente? – Fui andando mais rápido também, falando com ela. A Cláudia nem me olhava. Ficava olhando para frente, sem me dar a mínima. – Dá um tempo pelo menos pra eu pensar direito, poxa!

Não adiantava. Ela nem me ouvia. Resolvi segurar em seu braço e fazer com que ela parasse e se virasse para mim. Aí eu falei:

– E além disso, Cláudia, você não disse que já resolveu? Que vai tirar o bebê?

– Disse.

– Então?

A Cláudia baixou o olhar e demorou um tempo para me encarar outra vez. Quando ela levantou o rosto, vi que os olhos não estavam mais cobrando uma resposta mas, sim, pedindo ajuda. Foi então que ela falou com sinceridade:

– Eu estou com medo, Luca.

Aborto ou não?

A decisão de se resolver ou não pelo aborto envolvia muito mais do que simplesmente a questão legal. Claro que a gente sabia que era proibido, mas o problema maior não era esse.

A Cláudia, apesar de ter se mostrado confiante e decidida, não sabia se devia ou não fazer.

E o pior é que eu sentia que ela queria a minha opinião, apesar de tudo, apesar de nós nem sermos nem nunca termos sido namorados. Na verdade, acho que o que ela queria mesmo era dividir com alguém esse peso.

Para mim, era muito difícil dizer para ela o que ela deveria ou não fazer. Que coisa! Eu não estava preparado para me responsabilizar por uma decisão tão importante como essa! Ela devia entender.

Confesso que passei a semana toda pensando nisso. E pensando muito. Não foi uma semana fácil. Muito pelo contrário.

Às vezes, eu achava que era melhor ela mesma resolver tudo e pronto. O bebê estava na barriga dela e não na minha! Ela é que tinha que decidir o que é que queria, não é mesmo?

Só que às vezes me parecia que eu também precisava resolver, ajudar, enfrentar tudo isso com a Cláudia, não deixá-la sozinha numa hora dessas e que era a minha obrigação falar alguma coisa, uma vez que ela estava nessa situação complicada por minha causa também.

Fico com raiva de mim quando penso que poderia ter evitado tudo isso. Era tão simples, tão fácil! Mas não. Foi mancada minha mesmo. Quer dizer, nossa, porque ninguém tem que se responsabilizar sozinho, um pelo outro, por uma coisa dessas. Eu quis, ela quis.

Nunca levei muito a sério esse negócio de camisinha. Tudo bem, transei algumas vezes protegido, sim, mas você acha que estava certo eu deixar de transar com a Cláudia só porque naquele dia eu estava sem? Se eu soubesse que a gente ia transar eu passava na farmácia, comprava uma e pronto, ora essa! Mas o caso é que eu não sabia! Tudo aconteceu sem a gente esperar ou programar.

Será que o sexo tinha que ser uma coisa com hora marcada, com tudo planejado, tudo certinho? Ah! Tenha dó!

Tudo bem, se eu, quer dizer, se nós tivéssemos planejado... mas, poxa! As coisas não acontecem assim! Como pensar com a razão numa hora dessas? Sinceramente, eu não sei como. Às vezes a gente tem que ouvir o nosso coração e deixar a razão para lá. Ou será que não?

Com a aids eu não me preocupo. Nunca fui um cara que saísse com qualquer uma. E a Cláudia, bem, a Cláudia estava totalmente fora de qualquer suspeita. Imagine se uma garota como ela também ia querer sair com qualquer um.

Não. Na minha cabeça, a aids não é um grande problema e sim coisa de gente mal informada. A vida inteira nós ouvimos as propagandas, os professores falando na escola... Claro que eu não ia pegar aids. Sempre soube de tudo e sempre fiz tudo direito até agora. Nunca saí nem vou sair com qualquer uma, com alguma menina de quem eu suspeite, por exemplo. Eu sei com quem eu ando. O fato de a Cláudia ter engravidado é outra coisa.

Eu e a Cláudia nos falamos algumas vezes nessa difícil semana. E a cada hora a gente pensava uma coisa. Numa dessas vezes, eu cheguei pra ela e disse:

– Acho que você está certa, Cláudia. Eu ajudo você a encontrar alguém que faça o aborto.

– Você acha mesmo, Luca?

– Acho.

A Cláudia ficou quieta. Olhei para ela e pude sentir que estava preocupada.

– Fica fria, Cláudia, vai dar tudo certo.

– Sei não... – disse, balançando a cabeça de um lado para outro.

– Ô, Cláudia, eu não entendo você! Quando eu pergunto se você tem certeza mesmo, diz que tem. Quando eu digo que tudo bem, que eu acho que você tem razão, você diz que não sabe? Tá querendo me deixar maluco, menina?

– Ah, Luca! Como você é insensível!

– Eu? Insensível? Você é que a cada hora decide uma coisa!

– E você pensa que é fácil?

– Eu nunca disse que era!

De repente, percebemos que estávamos um gritando com o outro, bem em frente à imobiliária. Eu estava na minha hora de almoço e a Cláudia tinha resolvido passar por lá, assim que saiu da escola.

Dei uma olhadinha para dentro. Ninguém estava prestando atenção em nós.

– Cláudia, agora não dá pra gente conversar mais. Tenho que trabalhar – eu disse, baixinho.

Ela fez uma cara de quem não tinha gostado. Tentei animá-la:

– Passo na sua casa mais tarde, pode ser?

– E a sua aula?

– Não esquenta. Chego atrasado, tudo bem. Pelo menos a gente conversa um pouco mais na sua casa.

De repente, sua fisionomia mudou. Fez uma cara de assustada.

– Na minha casa? E se a minha mãe desconfiar?

– Desconfiar do que, Cláudia? – falei com paciência. – Eu e a Thaís já fomos na sua casa uma pá de vezes, você se esqueceu?

– Não, só que agora é diferente. Eu tô grávida, né, Luca!

Dei uma olhadinha para dentro. Ninguém escutou. A Cláudia ainda ia me arranjar problema.

Voltei a encará-la:

– Fica fria, Cláudia. Vai dar tudo certo. Passo lá mais tarde e depois a gente conversa, tá bom? A sua mãe nem tá pensando nisso. Desencana.

Ela demorou alguns segundos, mas fez que sim com a cabeça. Respirei aliviado e entrei.

Seria muito bom que eu me concentrasse no meu trabalho e me esquecesse de todos esses problemas pelo menos um pouco.

Quem dera pudesse esquecer para sempre. Seria ainda melhor.

Novas conversas

Eu e a Cláudia conversamos muito naquela noite. Acabei nem indo para a escola outra vez, já que estava mesmo muito atrasado.

Ela se mostrava superinsegura, com medo, não sabendo se devia ou não entregar o seu corpo para qualquer um que estivesse disposto a tirar esse bebê. Não sabia nem por onde começar a procurar. Mas eu disse que, se ela quisesse mesmo, se tivesse certeza, eu a ajudaria a procurar. E a pagar também, é claro. Eu me sentia responsável.

Conversamos, conversamos e não chegamos a acordo nenhum. Ela me disse que tinha que resolver o que ela queria. Se resolvesse não tirar mais o bebê, ela tinha que saber o que ia fazer dali para frente.

A Cláudia estava me deixando maluco. Cada hora ela dizia uma coisa! Caramba! Minha cabeça ficava muito mais confusa ainda, parecia que ia dar um nó.

Não era fácil. Às vezes eu não aguentava mais pensar. Só que também não contei para ninguém a respeito disso. Achei que não é justo falar com alguém sobre a gravidez da Cláudia se ela ainda nem sequer tinha resolvido se ia continuar grávida ou não.

Nem com a Thaís eu quis conversar. Mas ela acabou me procurando, falando aquilo que a própria Cláudia já tinha me dito: que não achava certo, que isso, que aquilo.

Até aí, procurei não dar muito ouvidos. Só não disse que isso não era problema dela porque não quis ser grosseiro com a minha prima, uma pessoa de quem eu sempre gostei muito.

Então, deixei que ela ficasse falando, falando... mas só parei mesmo para ouvi-la quando ela me disse:

– Você não pensa, Luca, que além de tudo a Cláudia pode morrer? Não pensa?

Nossa! Foi um choque. A Cláudia, morrer? Foi me dando uma angústia! Comecei a achar que eu tinha muito mais responsabilidade do que tinha imaginado. Muito mais! Já pensou se a Cláudia morre? Eu ia me sentir culpado pelo resto da minha vida!

Não dormi direito nessa noite. Aliás, fazia tempo que eu não tinha um sono sossegado como antes. Não sabia mais o que era isso.

Na manhã seguinte, acordei tonto de sono. Tomei o ônibus para o trabalho nem sei de que jeito. Mas cheguei direitinho, não desci em ponto errado, nada.

Era pouco depois do almoço quando a Júlia, a garota da recepção, disse que era telefone para mim. Gelei. Ninguém costumava me ligar no trabalho. Alguma coisa me dizia que só poderia ser a Cláudia.

Atendi. Eu estava certo, era mesmo a Cláudia. Sua voz estava estranha, parecia com receio de me dizer alguma coisa. Fui ficando desesperado, ainda mais depois daquilo que a Thaís tinha me dito. Será que ela estava passando mal?

De repente, não sei por que, comecei a imaginar que ela estaria me ligando de algum desses lugares sombrios que a gente vê nos filmes. Loucura.

Mas, e se ela estivesse morrendo, meu Deus? Fui ficando quase louco. Ela que não falava, parecia que estava chorando.

Insisti. Não estava dando para segurar mais.

– Que aconteceu, Cláudia? Fala! Você tá bem?

– Luca...

– Fala logo, Cláudia! – Eu não aguentava mais tanto suspense.

Aí ela foi me dizendo, aos poucos e devagar:

– Eu... eu desisti do aborto, Luca.

Ficamos mudos por algum tempo. Não tinha nenhum espelho por perto, mas senti que fiquei branco igual à montanha de papéis que estava à minha frente.

Fiquei calado ainda. Não sei por que, mas tinha a impressão de que a Cláudia tinha mais coisas para me dizer. E estava certo. Ela completou logo em seguida:

– Eu já contei pra minha mãe, Luca. E agora ela vai falar com o meu pai.

Silêncio outra vez. Perdi a voz, fiquei sem ar. Minha nossa! E agora? O que é que eu ia falar? O que fazer?

Sinceramente, eu não fazia a mínima ideia. Mas eu sentia que muita coisa na minha vida ia ficar diferente.

Desabafo

Quando cheguei ao colégio, para falar a verdade, eu não tinha a mínima vontade de conversar com ninguém. Queria ficar na minha, desaparecer, sei lá. Tudo menos conversar. Cheguei mesmo a me arrepender de ter ido, mesmo tendo que fazer uma prova na segunda aula. Que perdesse a prova, e daí? Minha vida já estava toda perdida mesmo!

Eu estava mal, sem vontade de falar qualquer coisa que fosse. Até fiquei muito bravo com o Guilherme, que não me dava sossego um só minuto.

– Então, Luca, a gente sai depois da última aula e vai até a lanchonete do Beto. Já combinei com a turma.

– Não vou, Guilherme – disse, com uma cara de desânimo.

O Guilherme franziu as sobrancelhas.

– Como não vai, Luca? Pô, hoje é sexta-feira!

– Não tô a fim. Tenho que trabalhar amanhã.

– O quê? E desde quando você não sai às sextas-feiras com a gente por causa do trabalho? Que é que deu em você, cara?

Olhei bem para a cara do Guilherme. Cheguei a pensar na hora que ele deveria ser mais sensível e procurar me entender. Depois, vi que era bobeira minha. O Guilherme não tinha culpa. Afinal, ele não estava sabendo de nada ainda. Nem poderia adivinhar.

– Olha, Guilherme, pra falar a verdade, eu tô muito cansado. Tô mesmo a fim é de ir pra casa, tomar um banho e dormir.

– Ué... Que programação mais louca! Vindo de você...

– Tô a fim de ficar na minha, pensando...

O Guilherme me olhou com estranheza.

– Pensando? Pensando em quê?

Passei os olhos pela sala toda antes de responder. A sala de aula estava um alvoroço. Tinha acabado de dar o sinal para a última aula e o pessoal estava todo em pé, batendo papo com os amigos enquanto o professor não entrava.

Voltei a olhar para o meu amigo.

– Pensando na vida, Guilherme. Pensando na vida.

Não tinha cabimento a gente conversar um assunto desses no meio de toda aquela agitação.

O Guilherme balançou a cabeça de um lado para outro e tentou novamente:

– Sai dessa, cara! Vamos lá no Beto que você ganha mais!

Olhei para ele sem dizer nada. Eu estava sufocado, precisando falar com alguém, senão acho que eu explodiria.

Por isso, acabei topando. Só que não fomos à lanchonete do Beto, a turma toda ia lá. Fomos a uma outra, um pouco mais longe.

O Guilherme só topou porque viu que a minha cara estava muito esquisita, como ele mesmo fez questão de dizer.

– Tô ficando preocupado, Luca. Fala logo! O que deu em você? O pessoal achou superesquisito essa história de a gente falar que não ia mais lá ao Beto com eles.

– Sabe, Guilherme, a minha vida tá uma bagunça.

– Por quê?

O Guilherme deu uma grande mordida em seu lanche. Olhei bem para ele e vi que o meu amigo nem sequer podia imaginar o porquê dessa bagunça.

Tomei um gole de refrigerante e disse:

– Sabe a Cláudia?

– Aquela amiga da sua prima, não é?

Balancei minha cabeça, confirmando.

– Isso.

O Guilherme continuou comendo seu lanche.

– Maior gatinha... Vai ficar com ela de novo?

Dei um grande suspiro antes de falar:

– Ela tá grávida.

– O quê?

O Guilherme quase engasgou. Balancei vagarosamente a cabeça para frente e para trás, antes de repetir:

– Grávida.

– Poxa...

– Não sei o que eu faço.

Ele balançou a cabeça, devagar. Arregalou os olhos.

– Também não sei o que te dizer, cara... – Depois de um tempo, continuou: – Como é que uma coisa dessas foi te acontecer?

Isso era o que eu também me perguntava. Me deu um desespero! Outra vez.

– Pois é...

– E o que é que você pretende fazer agora?

– Sei lá...

Depois de alguns instantes em silêncio, ele me perguntou:

– A Cláudia... vai mesmo ter esse bebê? Quer dizer, vocês dois são muito novos ainda...

– Guilherme, a gente já conversou sobre isso. E ela já se decidiu.

– Bom, desculpa, é que é a primeira coisa que a gente pensa.

– Eu sei. A gente também pensou. Mas ela não quer mais. Decidiu que vai ter o bebê.

– E você?

– O que tem eu?

– Quer também?

– Como assim? Escuta aqui, Guilherme, essa decisão tem que partir muito mais dela do que de mim. Isso é óbvio!

– Mas você é o pai.

Fiquei louco da vida. Não suportava ouvir essa palavra.

– Pára com isso, Guilherme! O que está feito, está feito e pronto. Vamos mudar de assunto.

– Tá bom! Desculpa! – O Guilherme secou a sua garrafa de refrigerante e depois me encarou: – Que situação... Não queria estar na sua pele.

Quem é que queria?

Fiquei um tempo olhando para ele, mas com o pensamento nem sei onde.

Respirei fundo nessa hora. Fiquei de novo com uma vontade grande de voltar no tempo, vontade de não ter ido pra Santos coisa nenhuma, de não ter conhecido a Cláudia, de não ter ficado com ela.

Uma vontade maior ainda de não ser pai.

Hora de enfrentar os problemas

Fiquei surpreso quando vi a Cláudia parada à porta da imobiliária. Era perto da hora do almoço e eu logo ia sair para comer alguma coisa.

Fui até lá para falar com ela. Ela me olhou assim, com um jeito meio ressabiado. Parecia que não estava conseguindo me encarar, não sei. Pelo menos, foi essa a impressão que tive.

– A gente tem muita coisa pra conversar, não é, Luca? – disse, assim que me aproximei.

– É, eu sei.

– Você vai demorar ainda?

Balancei a cabeça.

– Não. Já está quase no meu horário. Só estou terminando de arrumar umas coisinhas.

– Posso te esperar?

– Pode.

Entrei, fui até a minha mesa e acabei de fazer o que eu estava fazendo. Depois, passei para dar uma palavrinha com a dona Isabel e saí.

Eu tinha um medo danado que todo mundo ali do escritório olhasse para mim e pensasse: "Lá vai ele. Engravidou a menina e agora vai fazer o quê?".

Tirei isso da cabeça e perguntei para a Cláudia, que ainda estava sentada num banco que havia na recepção:

– Vamos?

Ela se levantou e me deu um sorriso.

– Vamos.

Ficamos andando em silêncio durante algum tempo, os passos lentos, como quem não sabe para onde ir. Encontramos uma praça e resolvemos parar e nos sentar num banco. Eu nem estava com fome, meu estômago podia muito bem esperar.

– Meus pais queriam vir comigo atrás de você – ela falou.

Arregalei os olhos. Um frio na barriga, um medo...

– Não deixei – ela completou logo em seguida. – Disse que agora não. Eu é que tinha que falar com você primeiro. Só nós.

Confesso que respirei aliviado.

– Você tá bem? – perguntei.

– Mais ou menos. Ainda não consigo acreditar. Parece brincadeira, parece mentira.

Instintivamente olhei pra barriga dela. Ela percebeu. Pegou minha mão e colocou em sua barriga. Ficou segurando. Senti uma sensação esquisita. Horrível. Não queria ficar com a mão ali, estava superconstrangido com aquilo. Além do mais, alguém poderia passar e ver a cena.

– Não parece verdade, né, Luca? – ela me perguntou com a voz suave.

– É. Não parece – respondi baixinho.

– Você acha que eu fiz mal? Que eu devia ter tirado o bebê? Você acha, Luca?

Tirei minha mão da sua barriga, antes de responder. Disfarcei, passando-a pelos meus cabelos, depois pelo meu rosto.

– Ah, Cláudia... Acho que você não agiu mal, não. Acho que a gente não tinha mesmo esse direito.

– Foi nisso que eu pensei a semana toda, Luca, antes de me decidir. A gente só estava pensando em nós. O tempo todo em nós. A gente não estava pensando no bebê.

– É, eu sei.

– E eu acho que a gente tinha que pensar. Você não concorda comigo?

– Concordo, Cláudia. Mas vamos esquecer esse assunto, está bem? Vamos pensar no que vai acontecer daqui pra frente.

– Só estou querendo me explicar...

– Explicar? Você não tem que se explicar, Cláudia. Eu não pedi pra você fazer nada! Eu não disse que queria que você tirasse. Foi você que veio com essa história, esqueceu?

– Não, Luca, não me esqueci. Você simplesmente não quis resolver isso comigo. – Aí ela mudou o tom de voz: – Deixou tudo nas minhas costas!

– Cláudia!

– E não foi?

Não respondi. Comecei a ficar mal comigo mesmo.

Que coisa! Será que a Cláudia estava certa? Será que era coragem que tinha me faltado na hora de enfrentar a primeira situação realmente complicada que aparecia na minha vida?

Era engraçado porque, até pouco tempo, eu me sentia o dono de mim mesmo. Tinha saído da minha cidade decidido, sabendo bem o que queria e achava que, com isso, eu podia me considerar um cara forte, determinado e também responsável. Muito responsável mesmo!

Mas quê! O primeiro problema sério que aparecia eu simplesmente não sabia como resolver.

Será que a Cláudia tinha razão? Será que eu tinha sido um fraco?

– Desculpa, Cláudia. – Achei que devia isso a ela. – Ando me portando como um covarde.

Ela não disse nem que sim nem que não. Veio com a pergunta:

– Você acha que a gente devia se casar?

– Casar?

De novo aquele frio na barriga. De onde será que a Cláudia tinha tirado uma coisa dessas?

– É. Casar – ela respondeu. – Muita gente se casa quando a menina engravida.

– Mas...

Eu ia dizer que muita gente se casa quando o cara namora a menina. Só que aí eu parei no meio do caminho. De repente, ela poderia ficar magoada comigo, sei lá. Era melhor não dizer nada. Foi por isso que devolvi a pergunta:

– E você? Acha?

– Não sei...

Não era esse "não sei" que eu queria ouvir. Mas o que eu esperava? Que ela dissesse: "Tudo bem, Luca! A gente não precisa se casar, não. Deixa que eu assumo o nosso filho, vai viver sua vida"? Loucura.

Mudei a pergunta:

– O que seus pais acham?

– Ficaram arrasados. Choraram. Disseram que não esperavam isso da sua única filha. Que se pelo menos fosse com meu irmão, até podia ser, mas justo comigo? Justo com uma filha!

– Mas por quê? – estranhei. – Quer dizer que com o seu irmão tudo bem?

– É homem... já viu.

– Que preconceito!

– E eu não sei?

– Eu sou homem e tenho certeza de que nem por isso meus pais vão achar que tudo bem. Pelo contrário...

Acho que essa foi a minha primeira lembrança dos meus pais depois de todo esse rolo de gravidez. Eu ia ter que contar para eles também, é lógico. E eu tinha certeza de que eles não iam gostar. Nem um pouco. Sabia que eu ia ouvir um sermão daqueles!

Continuei ouvindo a Cláudia.

– Meus pais disseram que, com uma filha, o desgosto é sempre maior.

Foi aí que eu percebi o quanto ela devia estar sofrendo também.

Além de tudo, além de ter que ser mãe aos 16 anos, ainda ouvir os pais dizendo isso tudo, que se fosse homem tudo bem. Tudo bem? Poxa vida!

Ela continuou:

– Eles também disseram que sempre se sacrificaram por mim, que nunca quiseram que eu trabalhasse, estudasse à noite, nada disso. Quiseram que eu estudasse primeiro para garantir o meu futuro e que eu, ingrata, agora apronto uma dessas.

– Poxa, Cláudia... – Fiquei morrendo de pena.

– Disseram que eu não soube reconhecer tudo o que fizeram por mim. Pior: disseram que todo o sacrifício deles, durante esses anos todos, foi por água abaixo.

Ela começou a chorar. Eu a abracei. Me senti tão culpado com toda aquela história!

– Por que, Luca? – ela me perguntou. – Não era isso que a gente queria. Que eu queria.

– Não sei, Cláudia. Eu não sei... – foi só o que eu consegui responder.

Aí ela levantou a cabeça e me olhou com aqueles olhos vermelhos e sofridos.

– E se o meu pai morre do coração, Luca?

Abracei-a outra vez. Coloquei a mão em sua cabeça e a deitei no meu ombro.

– Não pense nisso não, Cláudia!

Fiquei passando a mão em seus cabelos durante um tempo. Senti tanta pena! Não sabia se pena dela ou de mim. Só sabia que estava tudo errado. Que nós dois estávamos sofrendo. E muito! Estava doendo nela, estava doendo em mim também. Como era difícil tudo isso, meu Deus! Nenhum de nós estava preparado para enfrentar uma situação dessas! Que mal a gente tinha feito para estar passando por tudo isso agora? Que injustiça!

Foi aí que eu disse, tomado por um impulso que eu nem sabia de onde tinha vindo, sem pensar se eu ia me arrepender depois ou não:

– Você gosta de mim, Cláudia?

– Gosto – ela respondeu.

– Então a gente podia namorar, ficar junto, tentar...

Ela ergueu o rosto e olhou para mim. Os mesmos olhos vermelhos, tristes e sofridos de antes. Balançou a cabeça e disse:

– Eu quero. Eu quero ficar com você, Luca.

Ela chegou mais perto e me beijou. Um beijo que procurava apagar tanta coisa ruim, tanta mágoa, tantos desacertos.

Enquanto a beijava, pensei que talvez fosse melhor mesmo. Tanta coisa poderia ser resolvida se a gente ficasse junto. Sei lá, poderíamos tentar, quem sabe a gente viesse a se amar, resolvesse mais tarde se casar, formar uma família normal com pai, mãe, filhos... Não era assim que era uma família? Não era assim que uma família tinha que ser?

Quem sabe eu viesse mesmo a me apaixonar pela Cláudia, ela por mim e assim tudo fosse resolvido. Numa boa.

Bronca

Não demorou muito para o meu tio ficar sabendo. E o pior é que não foi por mim, e sim pelo próprio pai da Cláudia, que ligou para ele, assim que soube da notícia. Depois ele me contou.

O cara estava uma fera, o meu próprio tio estava uma fera. Entrou no meu quarto sem bater, bufando feito louco. Disse que eu não poderia ter feito uma traição dessas com ele. Justo com a Cláudia? A filha do seu melhor amigo, quer dizer, mais que amigo, quase um parente? Disse que não sabia onde enfiar a cara. Que nós dois não tínhamos juízo mesmo. Que, onde já se viu, com tanta informação por aí, internet e nem sei mais o quê!

Nisso, eu até sou obrigado a concordar com ele. Falta de informação é que não foi. Mas adianta falar tudo isso agora? Adianta?

Mas eu não disse nada, ele estava mesmo muito bravo e, com uma voz pra lá de autoritária, disse:

– É melhor você viajar no final de semana para contar aos seus pais. Eles precisam saber o que essa sua cabeça desajuizada andou aprontando por aqui.

Realmente, eu sabia que ia ter que fazer isso mesmo, cedo ou tarde. Já tinha até pensado em viajar para contar a eles. Mas o meu tio vinha desse jeito, me dando ordens, falando comigo como se eu fosse um idiota que não soubesse fazer nada direito... Me deu uma raiva!

– E pode falar para o seu pai e para a sua mãe o que eu penso sobre esse assunto. Eu e a sua tia.

Fiquei com cara de bobo. E por acaso eu sabia o que ele pensava disso? Por acaso já tinha me dito?

Aí ele veio com esta:

– Acho que a melhor coisa que você tem a fazer é se casar com ela o quanto antes.

Dei um pulo na minha cama.

– Casar? Ficou maluco, tio?

– Eu? Maluco? Veja se fui eu que fiquei aprontando com a filha dos outros.

– Eu não aprontei nada, tio!

– Mas você é muito engraçado, mesmo... Olha aqui, Luca, eu não vou mais falar sobre esse assunto agora. Você viaja, passa esse fim de semana com seus pais e conta tudo para eles. E não se esqueça de dizer o que eu e a sua tia pensamos disso, está bem?

Ia falar o quê? Claro que não estava tudo bem. Que absurdo! Será que ele estava pensando que tinha o direito de se meter na minha vida, só porque eu estava morando junto com ele?

Os adultos são engraçados. Eles acham que sabem resolver todos os problemas assim, como num passe de mágica. Então, a Cláudia fica grávida e eles acham que se resolve o problema com o casamento. Tudo certo. Tudo muito simples.

Fiquei muito magoado nessa hora. Meu tio não estava se importando nem um pouco comigo. Só estava pensando nas aparências, na preservação da sua amizade com o pai dela. Nem na própria Cláudia ele estava pensando! Ele não queria era ficar mal com o seu amigo, isso sim!

Foi aí que eu me lembrei. O que será que a família da Cláudia ia achar disso? Também ia querer que a gente se casasse? E os meus pais? Será que todos eles tinham a mesma cabeça que o meu tio?

Essas perguntas me matavam. E não saíam mais do meu pensamento. Então era assim que se resolviam as coisas? Me casando com a Cláudia, como queria o meu tio? Será que era isso que eu tinha que pensar e resolver e fazer?

Nessa noite, mal cheguei à escola e o Guilherme já veio me perguntando como é que estavam as coisas.

– Vou pra casa neste final de semana. Tenho que contar para os meus pais.

– Cara... Você tá numa fria.

– Disso eu sei, Guilherme. Não dá pra falar outra coisa, não?

– Desculpa, Luca. Mas é difícil, né? Que situação! Eu não quero nem pensar numa coisa dessas acontecendo comigo. Nem pensar!

Dei um suspiro. Quem é que queria? Eu só queria era pensar num jeito de contar tudo aos meus pais.

Final de semana

Cheguei em casa no final da tarde do sábado. Abracei meus pais, enquanto eles me perguntavam como é que eu estava. Disse que estava tudo bem. Ainda não era a hora de contar a verdade.

– E o emprego, filho? – perguntou o meu pai, durante o jantar.

– Tá indo bem, pai.

– Logo chega o vestibular, hein?

Nós estávamos em junho e, como o meu pai tinha dito, logo ia chegar o vestibular. O meu tão esperado e sonhado vestibular.

Até agora eu ainda não sabia muito bem qual carreira seguir. Quando cheguei em Santos, achei que, quando entrasse no terceiro ano ou até mesmo antes, eu já teria me decidido. Não ia ser tão difícil assim, as coisas iam acabar acontecendo naturalmente.

Só que não era assim tão simples. Era realmente muito difícil escolher. Cada vez mais eu acabo vendo que as coisas que a gente tem que resolver na nossa vida não são fáceis. Pelo contrário.

Quando a gente é criança, ou mesmo quando a gente cresce mas ainda mora com os pais, é diferente. Eu vejo colegas meus, da minha classe mesmo, morando com a família, e dá para perceber que é diferente. Muitos não têm aquela obrigação de trabalhar para se sustentar, têm os pais por perto para garantir. Se ficarem desempregados, por exemplo, tudo bem.

Mas comigo, não. Não posso também negar que fui eu quem fez essa opção. Eu queria muito ser independente, poder cuidar da minha vida sem precisar dos meus pais.

Quanto ao vestibular, às vezes eu penso em Análise de Sistemas, Computação... Sei lá. Mas a minha vontade é que seja alguma coisa relacionada a informática. Gosto muito, desde a época em que fiz aquele curso logo que cheguei em Santos.

Tem uma porção de pessoas na minha classe indecisa também. Essa coisa de vestibular é mesmo muito difícil. A gente tem que resolver e prestar e ter certeza do que está fazendo... Um sufoco!

Chega a ser engraçado, até. Veja o Guilherme, por exemplo. Só nesse ano já mudou de escolha três vezes. E para cursos totalmente diferentes, diga-se de passagem.

Olha só: primeiro era Medicina. Tinha vindo com isso na cabeça desde o ensino fundamental. Achava que queria ser pediatra. Desistiu. Descobriu que não suportava ver sangue, gente passando mal, essas coisas. Depois descobriu-se apaixonado por Física. Começou a adorar atividades que envolviam medições de força, resistência, velocidade... Agora quer fazer História. Não dá mesmo para levar o Guilherme a sério.

Voltei na real e respondi para meu pai:

– É, pai. Logo chega o vestibular, sim.

– E você já resolveu, filho, para que é que vai prestar? – perguntou minha mãe.

– Ainda não, mãe.

– Poxa, filho, e não tem que resolver logo, não?

Dei um sorriso e disse:

– Ainda tem tempo. Fica sossegada, mãe.

– Você tem que pensar, Luca, que decisões tomadas assim, meio de última hora, às vezes não são as mais acertadas.

– Tá, pai. Eu vou resolver, não se preocupe. Sabe, no mês passado tivemos uma palestra na escola com uma psicóloga. – Tomei um gole de suco e depois continuei. – E também fizemos um teste.

– Que teste? – perguntou minha mãe.

– Teste de orientação profissional. Essa psicóloga trabalha como orientadora vocacional e disse que esse tipo de teste ajuda a gente a se direcionar melhor. É como se você fosse fechando o leque, entendeu? Vamos vendo aquilo de que mais gostamos, o que pensamos a respeito de algumas coisas como ganhar dinheiro, aptidão, enfim, são várias perguntas.

– Mas você disse que ainda não resolveu! – exclamou minha mãe.

– Mas, pelo menos, já sei o que eu não gostaria de estudar. Já é alguma coisa, não acham?

Acabamos o jantar conversando sobre outras coisas. Perguntei como estava indo a mercearia, ao que meu pai respondeu: "Como sempre". Esse "como sempre" dele queria dizer "mais ou menos". É que às vezes meu pai tinha que dar conta de alguns calotes. Muitas coisas ele vendia e marcava para o cliente pagar depois, só que nem sempre isso acontecia dentro do prazo esperado.

Depois que jantamos, fui dar uma volta. Queria recordar, matar a saudade da minha cidade. Só não queria matar a saudade de nenhum amigo do nono ano. Eu não queria falar com ninguém. Talvez para não me lembrar que as coisas, antes, eram muito mais simples. Tudo na minha vida antes era muito mais simples.

Andei, andei bastante, até me cansar. Olhei as casas, as ruas, senti o cheiro da cidade, um cheiro de infância e meninice misturado.

E se eu ficasse aqui em Urânia e não voltasse? Por que é que eu tinha que voltar? Quem disse?

De repente eu poderia abrir mão da minha faculdade lá em Santos e ficar trabalhando com o meu pai. Talvez ajudá-lo a expandir os negócios e, depois de alguns anos, quem sabe, abrir um supermercado, já que esse sempre foi o ramo do meu pai. Tem tanta gente que não tem faculdade e se dá bem na vida, não é verdade?

Sentia que eu já não era a mesma pessoa de quando estava no nono ano. Eu já trabalhava, tinha alguma experiência, sabia me virar muito bem. Talvez o meu pai aceitasse umas ideias novas e, assim, aumentar a freguesia na mercearia. Mercearia por pouco tempo, é lógico. Aquilo ia virar um supermercado. Por que não um hipermercado? Uma rede inteira de hipermercados?

Bom, sei que enjoei de andar. Andar só, não: viajar, eu diria. Então resolvi voltar.

Assim que abri a porta da sala, vi minha mãe embrulhada na manta, cochilando no sofá. A televisão fazendo barulho para ninguém. Meu pai já estava na cama dormindo de velho, nunca conseguia ver tevê até tarde.

Sentei-me perto dela e fiquei olhando. Seria bom se eu dormisse e esquecesse de tudo e acordasse e visse que tudo tinha sido um sonho. Como seria!

Como é que eu ia contar para a minha mãe?

Estiquei a mão até o botão da televisão e desliguei. Minha mãe abriu os olhos.

– Estava esperando você. Onde é que você foi, Luca?

– Dar uma volta.

Ela foi se ajeitando melhor no sofá. Deu um sorriso.

– Você demorou... Tá com fome? Seu pai fez lanche agora há pouco e deixou um pra você. Quer? Tá lá no forno.

Só balancei a cabeça de um lado para o outro.

– Queria conversar.

– Conversar o quê?

Fiquei um momento em silêncio.

– Promete que não vai brigar? Que vai me deixar falar tudo primeiro?

A cara dela foi ficando séria, preocupada. Ela se ajeitou outra vez no sofá.

– O que é que você aprontou, hein, Luca?

Pedi outra vez:

– Você vai me ouvir? Tudo?

Ela respirou fundo e depois soltou todo o ar dos pulmões de uma única vez.

– Pode falar. Estou esperando.

Agora foi a minha vez de respirar fundo. Era como se eu dissesse para mim mesmo: "Coragem. Seja o que Deus quiser".

Comecei:

– Eu e a Thaís sempre nos demos bem...

– O que foi que você fez com a sobrinha do seu pai, Luca? – perguntou, vindo com o corpo mais para a frente.

– Você prometeu...

– Tá. – Ela se encostou no sofá outra vez. – Continua.

– Eu e a Thaís ficamos amigos logo de cara e acabei fazendo amizade também com os amigos dela. E com as amigas. Aí eu conheci a Cláudia, a melhor amiga da Thaís. Ficamos juntos algumas vezes e...

– E?...

Minha mãe estava me encorajando. Mas como era difícil!

– Bom, mãe, aconteceu o que a gente não esperava.

Minha mãe fechou a boca. Parecia que tinha adivinhado. Parecia que estava ficando sem ar.

– É isso mesmo que você está pensando, mãe. Ela tá grávida.

– Ai, meu Deus! Ai, meu Deus!

Minha mãe jogou a manta no chão e saiu do sofá com as mãos na cabeça. Ficou andando em círculos na minha frente, parecia desnorteada. Aquilo estava me deixando zonzo. Ainda mais do que eu já estava.

– Grávida! Grávida! Você... você... você não tem juízo, menino?

– O tio falou a mesma coisa.

Ela parou de andar. Aquele olhão arregalado.

– Tio? Ele sabe?

– O pai dela contou.

– Ai, meu Deus! Ainda essa! Que vergonha! Que vergonha!

Aí eu não entendi.

– Vergonha, mãe? Vergonha do quê?

Ela olhou firme pra mim.

– Como do quê? O seu tio, o único irmão do seu pai, resolve ajudar o sobrinho, dá moradia e tudo e ele deixa a melhor amiga da filha dele grávida! Grávida! Pensou bem o que é isso?

– Pior se fosse a própria filha, né? – brinquei.

– O que você está dizendo? Seu... seu... irresponsável!

Minha mãe estava furiosa. Não devia ter brincado.

– Desculpa, mãe. Foi mal. Eu sei que fui irresponsável. Mas não fui só eu. A Cláudia também foi.

– Mais você! Você é homem, devia saber essas coisas! – Sua voz estava firme.

– Que coisas, mãe? Que coisas? Tá certo que eu errei, mas eu não tenho obrigação...

– Tem!

– Mãe! O erro não foi só meu, poxa! Pensei que ela tomasse pílula, sei lá...

– Ah, pensou? Pensou mas não conversou coisa nenhuma antes, não é? Você tá pensando o quê, Luca? Ah, meu Deus! Como é que vocês são! Depois se julgam muito espertos, não é?

– Mãe...

– Onde já se viu! Essa juventude só pensa em transar! Só! Não precisa pensar em como fazer pra não engravidar, em como fazer pra não pegar doença, pra não pegar aids... Luca!

– Mãe...

– Que é? – perguntou, brava.

– Não briga comigo não, mãe. Me ajuda.

Ela soltou um grande suspiro. Era como se tivesse se dado conta de que não ia adiantar nada ficar falando, falando... Acho que foi por isso que ela se aproximou mais de mim, me olhou fundo nos olhos e me ouviu:

– Se eu soubesse que tudo isso iria acontecer, mãe, eu juro que não tinha arredado o pé de Urânia.

Aí ela disse, com uma calma que eu não sabia de onde ela tinha tirado:

– Tá certo, Luca, tem coisa que a gente não sabe, não prevê. Mas transar engravida, Luca!

– Eu sei, mãe.

– Sabe agora, por que não soube antes?

Deitei no tapete da sala, coloquei as minhas pernas erguidas em cima do sofá, as mãos por baixo da nuca. Minha mãe sentou-se perto, pegou a manta e se encolheu.

– E agora, Luca? Você já conversou com a família da Cláudia?

– A família? Ainda não. Vim falar com vocês primeiro.

Nós ficamos em silêncio. Virei o pescoço e a encarei.

– Não tô conseguindo lidar com tudo isso, mãe. Minha cabeça tá uma confusão!

Minha mãe respirou fundo. Esticou o braço e pegou a minha mão. Apertou.

– Mas vai ter que conseguir, filho. Vai ter que conseguir.

– O tio acha que eu tenho que casar com ela.

Ela soltou minha mão e deu um pulo no sofá.

– Casar?

Acho que a minha mãe falou muito alto, porque alguém acordou e apareceu na sala com a pergunta:

– Quem é que vai casar?

Nós olhamos para ele. Aquela cara sonolenta. Mas cara de quem tinha ouvido muito bem. Cara de quem queria agora ouvir o resto da história toda.

Agora é que eu queria ver. A cara do meu pai quando soubesse que ia ser avô.

Brigas

– Seu moleque!

– Desculpa, pai!

– Não fala assim com ele, Agenor!

– E não é pra falar? Onde já se viu! Um moleque, sim! Nem acabou os estudos ainda, tem um emprego que mal dá pra se garantir... Como é que vai sustentar uma família agora?

Família? Fiquei assustado.

Minha mãe entrou no meio da conversa.

– Olha, Agenor, a gente vai pensar numa solução, com calma...

– Não tem nada que pensar! – ele disse, autoritário.

Esse lado do meu pai eu, sinceramente, não conhecia. E continuou com seu discurso:

– O que tinha que pensar era antes. Não pensou, agora aguente! Não tem aquele ditado: "Quando a cabeça não pensa, o corpo padece"?

– Ditado, pai? Pelo amor de Deus!

Não sei de que jeito eu falei, mas acho que ele pensou que eu estava gozando com a cara dele. Ficou louco da vida.

– Pra você não tem que falar nada não é, Luís Carlos?

Não gosto que me chamem de Luís Carlos. Desde pequeno, sempre gostei mais de Luca. Mas, naquele momento, não ia adiantar eu falar "Luca, pai!". Era melhor deixar que ele me chamasse como quisesse.

– Vai ver tá pensando que ninguém pode falar nada dessa sua burrada, não é mesmo? – continuou.

– Vai com calma, Agenor – minha mãe pediu. – O menino tá confuso, tá sofrendo...

– Sofrendo? Por que não pensou antes?

Eu não aguentava mais aquela pergunta: "Por que não pensou antes?" "Por que não pensou antes?" "Por que não pensou antes?"

Foi por isso que explodi:

– Chega! Chega, pai! Não pensei antes e acabou! Chega!

– Seu malcriado! – Ele veio pra cima de mim a fim de me dar uma bofetada. Fechei os olhos. A bofetada não veio. Abri. Vi minha mãe segurando a mão do meu pai.

– Não faça nada de que vá se arrepender depois – ela disse.

Meu pai foi baixando a mão devagar. Baixou a mão, baixou a cabeça, jogou-se no sofá. Cobriu o rosto com as mãos. Parecia que o mundo tinha desabado na cabeça dele também.

Minha mãe se sentou ao seu lado. Abraçou-o. Fiquei em pé, olhando. Me deu um vazio, uma sensação de que eu era um fracasso mesmo, um ninguém, a pior das piores das piores pessoas. Me deu vontade de chorar.

Fui para o meu quarto e aí eu chorei mesmo, coisa de que eu já tinha tido vontade antes, mas que naquele momento não deu mais para segurar. Tudo tinha tomado uma proporção tão grande. Parecia que a situação era tão grave! Tão sem saída e sem solução!

O sono não vinha de jeito nenhum. Na minha cabeça, um turbilhão de coisas, ideias confusas, acontecimentos soltos, cenas picadas, palavras, frases não terminadas.

Uma hora eu me lembrava dos momentos em que eu tinha ficado com a Cláudia, aquele fogo, aquela paixão, aquele corpo maravilhoso que me enlouquecia e me dava tanto prazer.

"Essa aqui é a Cláudia, Luca..." "Muito prazer..." "Como você é linda!..." "Me beija..." "Fica comigo, eu te quero muito..." "Você me enlouquece..."

A Cláudia fazia com que eu me esquecesse de tudo. A única coisa realmente importante era aquele momento, era não pensar em nada, só curtir e se entregar. Mais nada importava. Nada mesmo.

Aí eu me lembrava do que tinha acontecido depois, da fala do meu pai, da minha mãe...

"Por que não pensou antes? Por que não pensou antes?..." "Seu moleque!" "Que vergonha..."

Balancei a cabeça de um lado para outro, como se aquilo pudesse espantar todos esses pensamentos para bem longe.

Levantei para tomar água, nem acendi a luz. Não queria chamar a atenção, acordar meu pai, minha mãe.

Mas meu pai não estava no quarto, não. Ainda estava na sala, sentado todo torto no sofá, a cabeça imóvel. Só a luz que vinha lá de fora, entrando pela janela, iluminava aquele vulto.

Passei pela sala, fui para a cozinha, bebi água. Voltei e ele ainda estava do mesmo jeito. Nem se mexia. Sei que não estava dormindo.

Aquela história de família... não era possível que ele pensasse em tudo isso!

Mas, de uma coisa, ele estava certo. Como é que eu ia sustentar uma família, se nem meus estudos eu tinha terminado ainda? E o meu trabalho que mal dava para o meu próprio sustento?

Só que o que ele não entendia é que eu não estava pensando, nem de longe, em formar uma família naquele momento da minha vida.

Eu não tinha ido a Santos para estudar, escolher uma carreira e ser um profissional de sucesso? E só mais para frente, bem para frente aliás, casar, ter filhos... não eram esses os meus planos desde o nono ano? Então por que é que eu, de uma hora para outra, tinha que mudar tudo, desistir de tudo? Será que eu não tinha o direito de escolher o que eu pretendia para a minha vida?

Voltei para o meu quarto, puxei a coberta e me enfiei na cama de novo. Lembrei-me de uma frase que a gente sempre ouve alguém por aí dizer: "Amanhã é um outro dia".

É isso que tanta gente fala quando está com algum problema atravessado e não consegue pensar, nem resolver.

É, seu Luca, quem sabe amanhã realmente seja um outro dia...

Almoço de domingo

O almoço do domingo foi bastante estranho. O que era para ser um dia alegre, barulhento, já que eu estava visitando meus pais depois de alguns finais de semana, tinha virado um silêncio total.

A gente colocava a comida na boca, sem dizer coisa alguma. Às vezes eu olhava para o meu pai, que o tempo todo ficava de cabeça baixa, mastigando devagar...

Essa situação durou algum tempo, até meu pai resolver quebrar o silêncio:

– O que é que você pretende fazer agora, Luca?

Ele não falou alto comigo, mas eu pude sentir bastante firmeza nas suas palavras. Ele estava sério.

– Eu não sei... – respondi.

– Mas vai ter que saber – ele continuou. – Não pense que a sua vida vai ser a mesma daqui para frente.

– Eu sei, pai. Só que não dá pra eu resolver tudo de uma hora para outra...

– Uma hora para outra... sei. Ô Luca! Você não queria tanto se mudar de cidade para estudar, fazer faculdade, ganhar seu próprio dinheiro... não era isso, Luca?

– Claro que eu queria, pai! E ainda quero! Você sabe disso!

Meu pai balançou a cabeça de um lado para o outro.

– Acho que você não se deu conta da gravidade de tudo isso. Como é que você vai estudar agora, me fala?

– Olha, pai, aquele negócio que você falou... sobre sustentar uma família...

– Por quê? Por acaso falei alguma besteira?

Eu dei um suspiro antes de falar.

– Eu não estava pensando em família agora, pai.

– Ah, é? Mas vai ter que pensar. Ou acha que a moça vai cuidar sozinha do filho de vocês?

Deixei o garfo cair sobre o prato e pus uma das mãos na cabeça. Família, pai, filho... aquelas palavras ainda me davam arrepio! Queria que tudo isso não passasse de um pesadelo, isso sim.

Lembrei-me de quando a Cláudia tinha vindo com aquela história de aborto, tempos atrás. E de mim também, que acabei ficando em cima do muro. A decisão tinha sido muito mais dela do que minha, como eu disse para o Guilherme naquele dia na lanchonete.

Só que, pensando mais claramente em tudo isso agora, podia perceber que essa decisão, mesmo tendo sido quase exclusivamente dela, também influenciava a minha vida, de uma forma ou de outra.

A Cláudia resolveu assumir o bebê e, pelo que eu entendia da fala do meu pai, isso queria dizer que, consequentemente, eu também estaria assumindo. Ou eu tinha entendido errado?

– Luca... – Minha mãe pegou em meu braço e fez um carinho. – Você, querendo ou não, vai ter que pensar nisso. Seu pai está certo.

Tirei a mão da minha cabeça e levantei o rosto. Olhei para ela e senti uma coisa boa. Senti que ela estava tentando me ajudar e que gostava de mim, apesar de tudo.

– Eu sei disso, mãe – respondi.

Minha mãe olhou para meu pai e disse, devagar:

– Seu irmão acha que ele deve se casar.

Olhei para o meu pai, imediamente. Precisava ver a reação dele. Quem sabe achasse que o meu tio só poderia estar pirando de uma vez.

Mas ele nem desviou os olhos do prato. Arrumou um bocado de comida e disse, sem levantar a cabeça:

– Quem sabe não fosse o melhor remédio mesmo.

– Pai! Casar? – Levantei da cadeira na mesma hora. – Você tá maluco? Não posso me casar com uma garota que eu mal conheço!

Ele levantou a cabeça e me encarou:

– Mal conhece? Essa é boa!

– Senta aí, filho – disse minha mãe. – Termine de almoçar.

– Eu não vou mais almoçar, mãe. Perdi a fome.

Saí. Mas claro que ainda escutei meu pai dizer, louco da vida comigo, que, além de eu não ter juízo, ser irresponsável, essas coisas todas, também não tinha a mínima educação.

Eu? Sem educação também. Tá legal. Vai ver eu merecia todos esses adjetivos mesmo. Todos eles e mais alguns que eu ainda nem conhecia.

Na rodoviária

Antes de entrar no ônibus, conversei novamente com eles dois. Meu pai já estava mais calmo, percebi que ele não queria que eu fosse embora e a gente assim, mal se falando.

– Olha, Luca, o que eu quero que você entenda é que todos nós também somos responsáveis – começou ele.

Achei que ele ia começar com aquelas cobranças tudo de novo, que ia me chamar de irresponsável, etc., etc. Só que não foi isso que ele disse.

– O que eu quero dizer, Luca, é que não dá para fazer de conta que uma coisa como essa não está acontecendo com você, que é o nosso filho. Tudo em sua vida nos diz respeito. Se você vai ser pai, nós vamos ser avós. Se você não tiver condições de arcar com o sustento dessa criança, nós é que vamos ter, você me entende?

– Não, pai, eu não estou entendendo. Você está com a cabeça muito além de tudo o que está acontecendo agora.

– Não é isso, Luca – minha mãe respondeu antes do meu pai. – É que você ainda não pensou nessas questões práticas.

– Questões práticas, mãe?

– É, sim, Luca! Questões práticas. Como fazer para sustentar essa criança, dar educação... Meu Deus! Vocês dois são muito jovens!

– E você, com certeza, já tá achando que vai sobrar pra vocês dois – disse para a minha mãe.

– E não vai, não? – concordou meu pai. – Se você e a Cláudia não tiverem condições, quem é que você acha que vai arcar com essa responsabilidade? Nós e os pais da moça, é claro.

Fiquei com uma raiva quando meu pai me disse isso! De um jeito ou de outro, ele estava me dizendo, outra vez, que eu era um irresponsável. Claro, ainda não tinha condições de arcar sozinho, ou com a Cláudia que fosse, com o sustento de uma criança. Mesmo que ela também fosse procurar um emprego, trabalhar... Mas como trabalhar? Como arrumar um emprego grávida? Mesmo depois que o bebê nascesse. Será que ia ser fácil ela conseguir?

Quanta coisa pra eu pensar, meu Deus! É muito pra minha cabeça!

Tudo bem, sei que tenho 17 anos ainda, meu salário não é nenhuma maravilha, mas eu acho, de verdade, que vou poder ajudar. Além do mais, essa situação não é eterna. Vou estudar, me formar, seguir uma profissão, ter sucesso e aí, sim, vou poder arcar com tudo isso com mais tranquilidade. Eu tenho certeza disso.

Eu e meus pais nos despedimos. Prometi que ligava, dando notícias. Minha mãe me abraçou, meu pai também. Foi bom. Senti que eu ainda tinha os dois ao meu lado, apesar dos pesares.

Entrei no ônibus, acomodei-me num lugar e fiquei olhando a cidade ficando para trás. Muita coisa ia ficando para trás e o que mais me angustiava era que eu não sabia se ia dar para voltar, fazer novas escolhas, mudar... eu não sabia.

Era diferente de quando tomei o ônibus pela primeira vez, decidido a me estabelecer em Santos. Pensava em voltar só depois de formado. Isso, se voltasse. Talvez eu quisesse ficar por lá mesmo ou partir para uma outra cidade ainda, onde tivesse um emprego que me interessasse mais. Não queria saber de fixar raízes. Não enquanto não ajeitasse a minha vida e fosse um profissional de sucesso. Ia concentrar todo o meu pensamento na minha carreira, isso sim.

Fiquei pensando durante todo o caminho de volta. Aquelas palavras do meu pai e da minha mãe não saíam da minha cabeça.

Será que eu estava o tempo todo tentando tapar o sol com a peneira, como disse a minha mãe numa de nossas conversas? Será que eu não estava mesmo evitando enxergar a realidade?

Caramba! De certa forma, eles tinham razão. Como é que eu ia estudar, fazer faculdade? Como manter em pé todos os meus sonhos? De que jeito ia poder pagar uma faculdade ou, mesmo que conseguisse passar em uma pública, como me manter nela? Como, me fala?

De volta a Santos

Cheguei em Santos, peguei outro ônibus rumo à casa dos meus tios. Desci no ponto perto da casa deles, ajeitei minha mochila nos ombros e fui. Ela nem estava tão pesada, não havia muito o que levar. Outras coisas estavam pesando bem mais nos meus ombros.

Meu tio e minha tia não estavam em casa quando cheguei. A Thaís me disse que tinham saído, ido para casa de não sei quem, amigos deles. Talvez demorassem.

– Tudo bem com você, Luca? – ela foi me perguntando, meio assim, com vontade de puxar conversa e sem saber por onde começar.

Só que não deu pra responder que sim, "tudo bem, Thaís, e você?", frase que todo mundo fala sem pensar no exato sentido, só por praxe, só pra demonstrar educação ou gentileza, sei lá.

Balancei a cabeça de um lado para outro.

– Tá nada, Thaís.

– Vamos lá no meu quarto conversar um pouco – ela sugeriu.

– No seu quarto? – Fiz uma cara de quem tinha ouvido o maior absurdo. – Você tá querendo me ver morto mesmo, né, Thaís?

– Ah, Luca! Deixa de besteira!

– Besteira, nada! Seu pai já tá por aqui comigo. Já pensou no tamanho da encrenca se ele chega e já me pega enfiado no seu quarto? Já pensou?

Thaís balançou a cabeça, fazendo uma careta. Na certa, achou que eu estava ficando meio paranoico. Vai ver estava.

– Tudo bem, Luca. Vamos ficar aqui na sala. Senta aqui, então. Ou também tá com medo de se sentar perto de mim? – ela brincou.

– Eu? Eu não tô com medo de nada, Thaís! – Fiz de novo aquela cara de "que absurdo!". – Que ideia, menina!

Ela me olhou, dando uma risadinha. Deixei a máscara cair:

– Tô morrendo de medo de tudo, Thaís! – Joguei a mochila num canto e fui para perto da minha prima.

– É barra, né, Luca?

– Se é.

– Falou com seus pais?

– Falei, Thaís.

– E aí?

– Aí que eles ficaram chateados, decepcionados e sei lá mais o quê. Também não sei se fiz bem em ter contado tudo. Poderia ter esperado mais.

– A situação não ia mudar, Luca.

– Eu sei. Mas talvez ganhasse tempo para pôr a minha cabeça no lugar. Quem sabe surgisse uma resposta... não sei.

– E que resposta você está esperando?

– Sei lá – respondi. Aí eu me lembrei: – Seu pai me falou que a resposta para isso é o casamento.

– Ah, Luca. Não leve meu pai tão a sério. Ele falou isso porque ele conhece a Cláudia desde pequenininha. Acha que também tem responsabilidade sobre o que aconteceu.

– Não é possível, Thaís, que todo mundo se ache responsável pela minha vida e a da Cláudia, ora essa! Quantos responsáveis por mim eu tenho? Já tô cheio desse papo! Cheio!

– Ah, Luca. Eu acho que eles não fazem por mal. Só estão querendo proteger você, a Cláudia, essa criança... Vai ver não querem que ela cresça numa família desestruturada.

– Não sei se é só isso, não.

– Por quê?

– Porque, de certa forma, eles acham que devem alguma satisfação para as outras pessoas.

– Bom, Luca, eu não sei. Mas o mais importante não é isso. O mais importante é você e a Cláudia. E o bebê também, é claro.

– Ai, Thaís! Você fala em bebê... isso chega a me dar um arrepio, sabia?

– Mas você tem que se acostumar com isso, sim, Luca! Você e a Cláudia ficaram juntos e fizeram um filho. Não era isso que queriam, está certo, mas aconteceu. É uma coisa que não tem como mudar, você gostando ou não, ficando com ela ou não.

Fiquei quieto. A Thaís falava as coisas de um jeito tão prático... Queria ver se fosse com ela. Ah, isso eu queria...

Dei um tempo e depois perguntei:

– E você? Falou com a Cláudia nesse final de semana?

Ela balançou a cabeça em sentido afirmativo.

– E como ela tá?

– Não tá muito bem, não. Tem chorado bastante. Ela também não queria que tivesse acontecido o que aconteceu.

Aí me deu um negócio, fiquei meio machista e disse, bravo pra caramba:

– Então por que é que ela não tomava pílula, poxa?

– E por que é que você não usou camisinha, poxa?

Fiquei quieto. Eu era mesmo um otário.

– Tá certo.

– Não tem essa de querer culpar um ao outro, Luca. Não tem nada a ver.

Balancei a cabeça. Claro, estava certo. Tudo certo.

Fiquei pensando. A Thaís estava certa. Entre mim e a Cláudia sempre haveria uma coisa, um alguém que ia ligar a gente para sempre, independentemente de eu ficar com ela ou não, independentemente de eu casar com ela ou não.

Que coisa! Veja bem, se um dia eu resolvo que a Cláudia, de repente, não é ninguém, que simplesmente não existe, eu vou saber, sempre, que um dia nós dois ficamos juntos e fizemos um filho. Um filho! Pode uma coisa dessas? Não tinha como voltar, logo ele ia estar aí. E para sempre!

É, tinha mesmo muita coisa para eu pensar, muita coisa que não ia ter jeito de esquecer.

Uma delas eram os pais da Cláudia. Mais cedo ou mais tarde, eu ia ter que me entender com eles.

A família

Teve um dia em que fui jantar na casa da Cláudia. Fiquei horas em frente ao espelho, olhando a minha cara, tentando imaginar qual a cara que eu tinha que fazer na frente dos pais dela. Era a primeira vez que eu ia enfrentar a família dela ao vivo e em cores. Bom, pelo menos depois que eles ficaram sabendo da gravidez.

Foi ela quem abriu a porta. Deu um sorriso e me mandou entrar. Seus pais estavam logo atrás. Seu irmão mais velho, de 19 anos, aquele do "tudo bem se fosse com ele", não estava.

Me deu o maior medo.

– Pai, você já conhece o Luca, né?

– Tudo bem, seu Válter? – Estendi a mão, mas ele nem se mexeu. Fiquei totalmente sem graça. Encolhi o braço de novo e dei um sorriso meio amarelo. Meio não, bastante amarelo.

— Oi, Luca. Entra. — Era a mãe da Cláudia me convidando para entrar. Pelo menos tinha sido um pouco mais simpática. Ou educada, que seja.

Eu me lembrava bem dos dois, de uns churrascos que meus tios inventavam de fazer lá na casa deles, ou na casa da Cláudia. Eles sempre estavam bolando um jeito de passar algumas horas juntos, conversando e se distraindo. Eram muito amigos, como eu já disse.

Os pais da Cláudia sempre me trataram superbem. Claro, não iam imaginar que dali a um tempo eu e a Cláudia íamos arrumar um filho.

Fui entrando. A sensação que eu tinha é que estava indo para um matadouro. Que iam cortar a minha cabeça e jogar bem longe dali!

Sentamos todos no sofá da sala. O sofá me pareceu enorme. Eu me sentia pequeno diante de todas as coisas da casa. Melhor dizendo, diante de todas as pessoas da casa.

Aquela cena parecia coisa daqueles filmes antigos em que o cara vai até a casa da menina pedir a mão dela em casamento. Em volta dele, toda a família olhando, examinando, censurando ou aprovando. Juro que nunca pensei que algum dia fosse me ver nessa situação.

O pai dela foi direto:

— A Cláudia me contou que vocês conversaram.

Balancei a cabeça, confirmando.

— Disse que vocês resolveram que vão namorar.

Outra vez, fiz o gesto com a cabeça. Acho que era mais ou menos essa a palavra que resumia o que eu e a Cláudia tínhamos combinado: namoro. Por enquanto, nada mal.

— Tudo bem — ele continuou. — Concordo com essa decisão de vocês, desde que não demorem muito tempo para se casar.

Engoli em seco. No princípio achei que não tinha entendido direito, mas depois percebi. Não tinha erro. Ele tinha sido muito claro. Mais claro, impossível. Concordava com a gente, mas a decisão final só poderia ser uma, na cabeça dele: casamento.

Não tinha sido isso que eu e a Cláudia tínhamos combinado. Mas eu ia falar? Piorar a situação ainda mais? Só se eu fosse louco. Achei melhor ficar quieto.

— Só mais uma coisa — ele disse.

Eu estava mudo, esperando. Achei que vinha alguma recomendação sobre como eu devia me comportar com ela dali para frente. Mas não foi isso, não. Foi pior.

– Como é que você teve coragem de fazer isso com a minha filha? Com a minha única filha?

– Pai!

– Anda! – disse, aos berros. – Me responde!

Parecia que eu tinha perdido a voz. Desde que eu tinha entrado na casa da Cláudia, não tinha aberto a minha boca. As palavras não queriam sair, de jeito nenhum. Só se eu arrancasse todas elas na marra. Puxasse da garganta com um alicate ou com qualquer coisa parecida!

– Pai, a gente já falou sobre isso!

A Cláudia foi dura. Parecia ser daquelas pessoas que sabiam e falavam o que queriam. Com qualquer um, até mesmo com o pai. Gostei de ver.

Pura ilusão.

– Quero escutar desse rapaz aqui. – Ele nem olhou pra ela. Jogou aquele olhar frio, cheio de rancor e ódio, para cima de mim.

– Desculpa... – comecei. – A gente não tinha a intenção...

– Como não tinha? – ele me interrompeu de novo aos berros.

– Pai!

– Válter, você prometeu! – disse a mãe, tentando apaziguar o ambiente. – Vamos com calma, assim você só piora as coisas!

Agora ele tinha jogado aquele mesmo olhar para a mãe da Cláudia. Falou pausadamente:

– Deixa ele responder.

Engoli em seco outra vez. Aquele olhar estava me deixando um pimentão, eu estava fervendo por dentro. Que agonia!

– Eu... eu gosto da Cláudia, seu Válter.

– Gosta? É desse jeito que você gosta? Estragando a vida dela e a de nós todos?

– Mas a gente...

Ele não me deixou terminar:

– O que é que vocês pensam da vida, hein? Pensam que é assim, que é fácil, que vão fazendo filho e tudo bem?

– Claro que a gente não pensa assim!

– Você sabe, Luca, que eu e a mãe dela nunca quisemos que ela estudasse à noite, fosse trabalhar, nada disso, você sabe? Queríamos que ela concluísse o ensino médio, prestasse vestibular, desse início a uma carreira e depois, sim, fosse trabalhar no que quisesse.

– Pai... – a Cláudia interrompeu.

– Nós nos sacrificamos a vida inteira por ela! Muito mais do que pelo seu irmão, que parou de estudar no terceiro ano. Está certo que ele já trabalha, mas ainda não quer nem saber de faculdade.

– Pai! De novo esse assunto?

– De novo, sim! Esse menino aí tem que saber o que foi que ele fez!

– Desculpa, seu Válter, a minha vida também virou de ponta-cabeça...

– Meu Deus do céu! Vocês nem estavam namorando quando tudo isso aconteceu! Ela me contou! – Parecia que ele nem tinha ouvido o que eu tinha acabado de dizer. E continuou falando. E falando alto: – E isso é realmente uma coisa que eu não entendo! Que me deixa louco! Como é que pode? Será que essa juventude perdeu o juízo de uma vez? Ainda se fossem mais velhos, estivessem namorando, noivando, sei lá! Mas vocês são duas crianças!

– Eu não sou criança, pai! – Cláudia se levantou.

– Cala a boca! – Ele também se levantou.

– Válter! Assim não dá! – A mãe puxou o pai de volta.

– Mãe, manda o pai se acalmar ou eu e o Luca vamos embora!

O pai ficou vermelho. De ódio. Acho que teve vontade de dar um tabefe na filha, igual ao meu pai naquele dia. Dona Ana segurava firme o seu braço.

Antes que ele pudesse abrir a boca, a mãe da Cláudia falou de novo:

– Vamos parar com isso, Válter! Já esgotamos esse tipo de assunto com a Cláudia. Vamos tentar resolver isso, poxa! Por favor...

Ele ficou quieto. Seu rosto foi se transformando, parecia estar se esforçando para fazer aquilo que a dona Ana pedia.

– Senta aí! – ele mandou.

A Cláudia voltou a se sentar. Eu me sentia como se estivesse num fogo cruzado, do qual não havia o menor jeito de escapar. Tinha que ficar até o final. Um final que eu não sabia, não fazia nem ideia qual seria.

A Cláudia ficou com a cara emburrada. Tudo aquilo não estava sendo fácil para ela também. Para ninguém.

Fomos para a mesa a fim de jantar. Mas quem é que disse que a gente conseguiu jantar direito? Pelo menos para mim, a comida não descia. Quer saber? Acho que para todo mundo.

Assim que terminamos, a Cláudia foi até o portão para me acompanhar. Não sabia se eu tinha feito bem em ter falado pra gente namorar. Sei lá, não era isso que eu estava querendo. Não que ela não fosse uma garota bonita, atraente. Muito pelo contrário.

A Cláudia tem os cabelos longos, castanhos, os olhos também castanhos. É muito bonita, sim.

Eu já sou um tipo comum. Nunca achei nada de extraordinário em mim. Tenho os cabelos castanhos, curtos e sou alto. E magro também. Tem milhões de pessoas como esse Luca aí. Não vou dizer que sou feio, mas também não devo ser muito lindo, senão eu teria um montão de garotas no meu pé.

Pensando bem, é até bom que não tenha. Já tem confusão demais na minha vida.

Diante do meu silêncio, ela perguntou:

– Que foi, Luca?

– Sei lá, Cláudia... Tô muito confuso. Ainda seu pai vem com essa história...

– Não ligue pro meu pai, Luca. O importante é o que a gente vai resolver. Não interessa o que ele quer.

– Então não é isso que você quer também? Estou me referindo ao casamento.

– Sei lá... Pode ser...

– A gente se conhece tão pouco, Cláudia...

– Mas agora a gente vai se conhecer melhor, Luca. – Ela se aproximou mais de mim, envolvendo meu pescoço com seus dois braços. – E a gente vai se apaixonar loucamente...

– Você acha isso mesmo, Cláudia?

– Ué! E por que não? Todas as vezes que ficamos juntos não foi tão bom? Pra você não foi?

– Claro que foi, Cláudia. Não é isso. Mas nós não podemos nos basear apenas nessas vezes para pensar em casamento!

– Luca! Você está preocupado demais! A gente vai se amar, sim, se é nisso que você está pensando. Você é uma gracinha...

Ela veio para perto de mim e me beijou. Um beijo no qual eu nem estava prestando muita atenção. Não foi um beijo cheio de paixão, como aqueles que a gente se dava, que nos fazia perder o ar e que nos deixava totalmente loucos. Não foi. Foi muito, muito diferente.

A Cláudia falava aquilo como se tudo fosse assim, simples. A gente cismava que ia amar alguém e amava e pronto. Simples. Simples e muito fácil.

Mas quem disse que eu ia querer amar a Cláudia e me casar aos 17 anos? Quem disse?

Eu era muito novo, tinha que aproveitar a vida, conhecer outras garotas... Quem disse que eu queria me prender a uma justamente agora? Com a minha idade? Só porque transar com ela tinha sido bom? Poderia ser bom com outras também, não poderia?

Parecia um castigo tudo isso que estava me acontecendo. Será que eu merecia? Só porque deixei de transar com camisinha agora vou ter que pagar pelo resto da vida?

Era muito difícil enxergar a realidade, como meus pais haviam me dito. Era muito difícil eu aceitar que dali a mais ou menos sete meses eu ia ter um filho para cuidar e que, com isso, a minha vida toda ia mudar. E mudar completamente.

Convite

As coisas iam devagar, quase parando. As férias de julho tinham começado, terminado e nada de novo acontecia na minha vida. Claro, já tinha acontecido muita coisa ao mesmo tempo e agora o jeito era esperar. Esperar o nascimento do bebê, esperar o vestibular, esperar meu namoro com a Cláudia dar certo, esperar, quem sabe, um emprego com um salário melhor e mais alguma coisa que, na certa, eu devo ter me esquecido.

Agora eu andava com isso na cabeça: arranjar um emprego melhor. Eu já deveria estar contente de, no mínimo, estar empregado. As coisas não estavam nada fáceis.

Para alguns amigos da minha classe, a situação estava bem pior. Muitos ainda não tinham nem conseguido arrumar o primeiro emprego. Faziam um currículo atrás do outro, entregavam aqui e ali e nada.

É como eu tinha falado antes: muitos ainda tinham os pais para se garantir, mas assim mesmo não deixava de ser muito frustrante. Fora aqueles de família mais necessitada, para quem qualquer dinheiro a mais que entrasse já ia fazer uma diferença danada.

Era barra. A gente tinha que enfrentar tanta coisa já de cara, resolver isso e aquilo e, além de tudo, o mundo lá fora parecia que não nos ajudava em nada.

Acho que todas essas encucações me deixaram meio chateado ultimamente. E outra, a minha vida estava muito monótona. Eu ia até a casa da Cláudia, a gente saía algumas vezes ou acabava ficando por lá mesmo. Aquilo estava me enjoando, para ser sincero.

Mesmo quando eu fiquei sozinho com ela na casa dos meus tios e a gente pôde aproveitar para namorar numa boa.

Era difícil admitir, mas não tinha sido tão bom quanto antes. Claro que eu tinha gostado, também não ia dizer agora que transar com ela era ruim. Claro que não. Mas que não foi igual, isso não foi. Para ser sincero, acho que nem para ela.

Parecia agora que a gente tinha a obrigação de se gostar, de se curtir... Que coisa! Cadê aquele sentimento todo que fazia a gente enlouquecer? Aquela excitação, aquela sensação de a gente estar curtindo cada pedacinho do momento, sem cobranças, sem pensar em nada...

Será que tudo isso tinha ficado para trás também? Será que a cada vez que eu transasse com a Cláudia eu ia me sentir na obrigação de gostar, na obrigação de agradar, porque agora entre mim e ela existia alguma coisa mais séria?

Numa quinta-feira, durante a aula, o Guilherme veio me convidar para ir a uma festa. Eu sabia que ele tinha um primo que morava numa república com mais três amigos.

– E aí? Topa, Luca? – ele me perguntou.

Não respondi na hora. Não sabia se eu estava a fim.

– Pô, Luca! Tá difícil falar com você ultimamente, hein? Pra te arrastar pra algum lugar, pior ainda!

– Ah, Guilherme... não é isso. Bom, pra começar, agora eu saio com a Cláudia. Ela é a minha namorada.

– Tá certo, tudo bem. Mas, Luca, você tem seus amigos. Tem que saber dividir as coisas. Tudo bem que você namore, mas tem que ter hora pra ficar com ela, tem que ter hora pra ficar com os amigos também.

– Tá certo, Guilherme. Tudo isso porque você quer que eu vá a essa tal festa.

– Claro, Luca! Pô! Vai ser legal pra caramba! Festa em república é o maior barato! Vamos aproveitar que o Alexandre me convidou. A coisa mais difícil é a gente se encontrar.

– Sabe, Guilherme, eu fico pensando...

– Pensando em quê?

– Nesse seu primo, ou mesmo em todo esse pessoal que sai da cidade pra fazer faculdade e acaba optando por morar em república.

– Que é que tem?

– Eu também saí da casa dos meus pais com a intenção de vir pra cá estudar. Só que no meu caso foi diferente. Eu vim morar com os meus tios.

– Olha, Luca, acho que eu não ia fazer isso, não. Sair da casa dos pais pra estudar, ter mais independência, tudo isso é legal. Mas vir morar na casa de parentes, não dá no mesmo, não?

– Não pra mim, Guilherme.

– Bom, eu já me decidi: se eu passar numa faculdade fora daqui, vou fazer como o Alexandre. Ele nem cogitou de vir morar com a gente, por exemplo. Procurou um lugar, arranjou mais três caras pra dividir as despesas e rachar o aluguel... Tá certíssimo o cara.

– Cada caso é um caso, Guilherme. Eu não vim pra cá já pra fazer faculdade, esqueceu? Eu ainda estava no primeiro ano, precisava de alguém pra me ajudar... Não é assim tão simples.

– Tá bom. Tudo bem, você pensa de um jeito, eu penso de outro. Agora, me fala: vai ou não à festa? Ou você tem que pedir pra Cláudia se ela deixa?

Claro que o Guilherme estava sendo irônico.

– Deixa de ser bobo, Guilherme. Nada a ver o que você tá falando.

– Tá legal. Mas e aí? Vai, então?

Pensei mais um pouco antes de responder.

– Tá certo. Eu vou, sim. Quem sabe eu não esqueço todos esses meus problemas por um tempo.

– É claro, Luca! Tô falando pra você. Se você me escutasse mais...

O Guilherme fez uma cara de quem sabia de tudo!

– Larga a mão de ser ridículo, cara!

A festa

A festa foi na república do Alexandre, primo do Guilherme. Fazia tempo que eu não ia a uma festa. Gostei de ver todo mundo animado, muitas garotas lindas, de curtir um som bem legal... Confesso que me senti superbem. Nem parecia que eu tinha algum problema.

O Guilherme me abandonou logo no começo da festa. Ficou dançando quase o tempo todo com uma menina supergata. Linda pra caramba. A cada pouco eles se agarravam e davam o maior beijo. Deixei o Guilherme pra lá. Ele que curtisse a festa numa boa.

Fiquei conversando com o Alexandre, os amigos dele e um pessoal de outras repúblicas que acabei conhecendo também. Acho que tinha umas trinta pessoas naquela casa.

O Alexandre me contou que toda quinta-feira eles faziam uma festa, uma vez em cada república. Era o encontro marcado deles. Ele me disse que já chegaram a fazer às sextas-feiras, mas aqueles que não tinham aula no sábado iam embora para suas casas, no interior ou na capital, e aí as festas ficavam bem mais vazias. Foi por isso que optaram pela quinta.

Eu me senti tão bem ali! Achei legal, não só porque saí um pouco do meu círculo de amizades da escola, mas também porque comecei a achar que logo seria eu que estaria fazendo uma faculdade também. E todo aquele clima envolvendo estudantes universitários era muito gostoso.

Bom, isso para mim que estava de fora, porque tinha algumas pessoas que reclamavam o tempo todo. Ou da quantidade de trabalhos que tinham de fazer ou dos livros que tinham de ler, enfim, mais ou menos as coisas de que, de vez em quando, eu também reclamo da minha escola.

Fiquei um tempão conversando com o Rafael, um dos caras que moravam com o Alexandre. Ele me contou que ia desistir do curso e trancar a matrícula na semana seguinte.

– Pô, que chato, Rafael.

– Nem me fale. Mas é melhor parar agora do que depois. Tentei esperar o retorno das férias pra ver se não era eu que andava um pouco estressado.

– E não era? – arrisquei.

– Não era. É o curso mesmo. Eu não gosto. Se continuar, vou gastar mais tempo e dinheiro.

– E o que você vai fazer? Vai deixar pro ano que vem, vai prestar pra outra coisa?

– Isso mesmo. Direito não tem nada a ver comigo. Às vezes a gente faz uma imagem da profissão, pensa que é uma coisa e depois vê que é outra. Agora quero fazer diferente.

– Como assim?

– Vou pensar nas coisas que eu gosto de fazer, mas também vou conversar com os estudantes, os recém-formados ou mesmo as pessoas que já trabalham na área que eu escolher. Acho que vai ser uma boa.

– Com certeza, é uma boa ideia, sim. Eu mesmo ainda não tinha pensado nisso. Sabe, cara, já acho tão difícil a gente se decidir e ainda depois corre o risco de se desencantar com o que escolheu, acabar tendo que desistir... Pô, não é fácil...

– Não é. Mas eu já desencanei das cobranças, vindas dos meus pais ou de mim mesmo. Não deu certo, não deu. Paciência. Como eu disse, pior seria continuar e descobrir muito mais tarde. Ou mesmo chegar a terminar o curso e ser um profissional frustrado.

– Isso é verdade.

– Sabe, Luca, botei na minha cabeça o seguinte: a gente não tem que escolher um curso e pensar que não tem mais chance de mudar de ideia depois. Que escolheu, morreu o assunto. Não é assim. Tenho que me dar uma chance para buscar o que eu realmente quero.

– Você tá certo, sim, Rafael. Eu mesmo ainda não consegui me decidir. Logo chegam as inscrições...

– Mas, olha, só pra te tranquilizar: seja qual for sua opção, pense que não precisa ser para a vida inteira. Você tem o direito de mudar, se assim quiser. Pensando assim, não fica um peso muito grande nos ombros.

O Rafael estava certo. Pelo menos, no que dizia respeito ao vestibular. Mas algumas opções não tinham mais volta.

Fiquei com raiva de mim mesmo, porque eu não queria de jeito nenhum pensar nisso agora, mas acabei lembrando que eu ia ser pai dali a poucos meses e que essa era uma opção que eu não tinha mais o direito de mudar.

Estava com o pensamento meio perdido, quando o Guilherme quase me derrubou. Veio para cima de mim feito doido. Acho que tinha bebido um pouco além da conta. Ele me disse:

– Dá uma ligada lá em casa e diz que eu vou dormir aqui na casa do Alexandre.

– Você vai dormir aqui?

– Claro que não, Luca! Vou dormir na república das meninas. Com a Patrícia.

Escolhas

O Guilherme me contou que saiu da república da Patrícia de manhã, quando ela foi para a faculdade. Chegou em casa e se atirou na cama. Desmaiou. Dormiu até meio-dia.

Ele estava feliz pra caramba. Chegou à escola todo eufórico, louco para me contar as novidades.

Eu também não estava tão deprimido mais. Apesar de ter ficado até de madrugada na festa e dormido muito pouco, eu estava bem.

Depois da aula, nós fomos à lanchonete do Beto e foi lá que o Guilherme me deixou quase tonto de tanto falar na Patrícia.

– Meu, ela é linda! Demais! Um arraso!

– Quantos anos ela tem, Guilherme?

– Dezenove. – Deu um tempo e depois completou: – Não adianta me olhar com essa cara, que ela é só um ano mais velha que eu. Em novembro já faço 18.

– Eu não disse nada...

– Mas aposto que pensou.

– Não pensei nada, Guilherme. Você faz da sua vida o que quiser, ora essa.

– Você viu como ela ficou comigo na festa, né?

– Quem não viu? Vocês não se desgrudaram! Escuta, você já conhecia a Patrícia antes?

– Não. Mas a gente se entendeu logo de cara. Eu vi que ela estava louquinha por mim. E eu por ela, é claro! Sabe, Luca, desde o começo eu tive uma intuição de que ia rolar alguma coisa.

– Tá certo. Então foi bom.

– Poxa! Se foi! Sabe que a gente vai sair de novo?

– Ah, é?

– É. Nós vamos aproveitar que ela não vai pra casa neste final de semana. Vou passar lá na república no sábado, mas acho que a gente vai ficar por lá mesmo.

– E ela estuda o quê?

– Turismo. Tá no primeiro ano. Ela disse que quase escolheu Arquitetura porque desde pequena é fascinada por desenhos, mas que depois mudou de ideia.

– Ah, é? E por quê? Ela disse?

– Mais ou menos. A gente conversou sobre esses assuntos assim, meio por cima. Ela disse que também adora trabalhar com pessoas, é muito criativa e comunicativa... acho que só. Não me lembro se ela falou alguma coisa mais. Só sei que ela adora o que está fazendo.

Essa conversa com o Guilherme me deixou pensativo. Às vezes eu chegava a pensar que escolher uma faculdade era quase que uma loteria. Quem garantia que a gente ia gostar?

Ninguém garantia, é claro. Mas, apesar de o Rafael querer me tranquilizar com aquela história de que a gente não tinha a obrigação de escolher uma única vez e para sempre, apesar de tudo, eu me cobrava para não errar. Eu não tinha condições financeiras de ficar passando de faculdade para faculdade, gastando dinheiro com matrículas, livros... não dava.

Mas aquilo que o Rafael tinha dito sobre conversar com profissionais que já trabalhavam na área acabou me dando umas ideias. Talvez isso ajudasse a me decidir. Pelo menos eu me informaria melhor de como é, o que se faz, quanto se ganha...

Olhei para o Guilherme nessa hora e tentei imaginá-lo um professor de História. Já disse que ele mudava de opinião a toda hora, por isso eu não sabia se dava ou não para acreditar nele.

– Você vai prestar vestibular pra História mesmo, Guilherme?

– Eu vou, já resolvi. Eu já lhe disse isso, Luca. Você não acredita, não?

– Não consigo imaginar você dando aulas.

– Bom, isso eu também não. O que eu sei é que eu gosto da matéria e acho que a gente pode realmente entender muita coisa do que acontece agora, se entender o que aconteceu lá atrás.

– Eu sei. Mas acho um saco ficar estudando isso.

– Não, senhor! – O Guilherme balançou a cabeça, fazendo ares de quem sabia de tudo. Ele adorava se portar assim de vez em quando. Aí, ele continuou filosofando: – Conhecendo os fatos, compreendendo melhor as coisas, você pode mudar outras com as quais não concorda.

– Essa sua fala parece coisa de político – brinquei.

– Quem sabe, né? Talvez mais para frente eu me candidate a algum cargo público. Vai saber...

– Você não tem jeito mesmo, hein, Guilherme...

Dei uma risada. Achei que ele estivesse brincando, mas ele me cortou:

– Tô falando sério, Luca! Acho que eu tenho potencial e muitas ideias boas, cara!

– Tá legal...

– Se eu me candidatar algum dia, você vota em mim, né?

– Claro que... não!

– Pô, Luca! Sou seu amigo!

– Tô brincando, Guilherme. Se você se candidatar algum dia, vou pensar direitinho no assunto. Eu prometo.

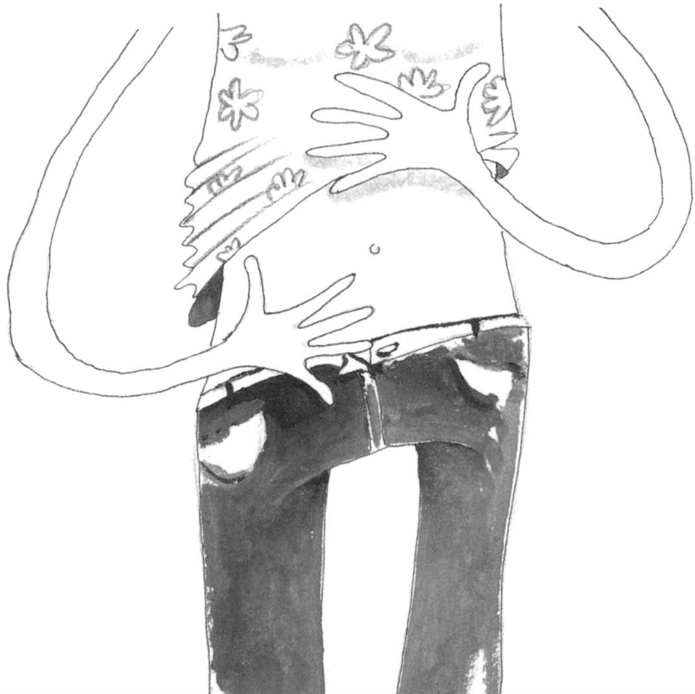

Quatro meses

A Cláudia já tinha entrado no quarto mês. O médico disse que o nascimento do bebê estava previsto para a segunda quinzena de janeiro.

A barriga já aparecia e às vezes tudo ainda era muito estranho. Tocar naquela barriga, por exemplo, também era.

Como no dia em que nós estávamos na casa dos meus tios. Só a Thaís estava em casa assistindo tevê e eu e a Cláudia estávamos conversando no meu quarto.

Ela teimava comigo que a barriga já estava aparecendo e eu dizia que não. A Cláudia sempre foi bastante magrinha. Para mim, não estava dando pra perceber nada ainda.

– Olha direito, Luca. – Ela levantou um pouco a camiseta e abriu o botão da calça. Ajeitou melhor a cabeça no travesseiro e falou: – Me dá sua mão.

Nem deu tempo. Ela já foi pegando a minha mão e colocando na sua barriga.

– Tá igual – eu disse.

– Não tá, não.

Ela ficou passando a minha mão de um lado para o outro. Era verdade, estava diferente já.

Fiquei em silêncio sentindo aquela pele macia, aquela barriga que trazia alguém...

– Logo, logo a gente vai ser pai e mãe – ela disse.

Tirei minha mão. Eu me senti esquisito. Claro que eu sabia que logo eu ia ser pai, mas... bem, eu acho que ainda não tinha me acostumado com a ideia. Acho que era isso.

Parecia que a Cláudia tinha lido o meu pensamento. Ela se levantou e ficou sentada na cama, séria.

– Que foi, Luca?

Olhei para ela e disse:

– Não foi nada.

– Poxa, Luca, toda vez que eu toco nesse assunto, você fica desse jeito!

– Que jeito, Cláudia?

– Desse jeito, ora! Jeito de quem não tá nem um pouco a fim de pelo menos tentar – disse pausadamente essa última palavra, e depois a repetiu: – tentar gostar da ideia.

– Você está sendo injusta, Cláudia.

– E você está sendo egoísta!

– Eu? Egoísta?

– Egoísta, sim. Só pensa em você.

– É claro que não!

– É claro que sim!

Fiquei algum tempo olhando para a Cláudia sem entender muito bem por que ela estava assim, tão brava.

Peguei na mão dela e fiz um carinho.

– O que você tem, Cláudia? Por que está brava desse jeito? – perguntei numa boa, procurando ser compreensivo.

– Eu não estou brava.

– Então, o que é?

– Estou nervosa, cheia de tudo, dos outros se metendo na minha vida e falando, falando...

A Cláudia olhou bem nos meus olhos e completou:

– Luca, meu pai não tá nada contente com a nossa situação.

Eu fiquei calado. Eu também não estava contente, acho mesmo que ninguém estava.

– Ele acha que a gente devia se casar logo, antes que a barriga apareça. Ele disse que vai ficar horrível se eu entrar na igreja com uma barrigona... Além disso, ele acha que não tem cabimento a gente ficar namorando, namorando...

– Cláudia, mas a gente não pode se casar agora...

– E vai poder se casar quando?

– Você também tá querendo casar, Cláudia?

A Cláudia largou a minha mão, fechou o zíper da calça e se levantou. Deu uma volta e parou no meio do quarto. Fiquei esperando a resposta, os olhos fixos nela. Ela virou de frente para mim e respondeu:

– Não sei, Luca. Tô tão confusa!

– Senta aqui, Cláudia.

Puxei-a novamente para o meu lado. Ela se sentou e deu um suspiro.

– Fala, Luca.

– Eu também estou confuso. Não está sendo fácil, ainda mais nesta altura dos acontecimentos... o vestibular que já está aí...

– Tá vendo o que eu quis dizer quando falei que você só pensa em você mesmo?

Ela disse isso numa boa, sem gritar, nada. Estava até bem mais calma. Só parecia um pouco cansada ou... desanimada. Acho que essa palavra combinava mais.

– Eu não estou pensando só em mim quando penso nisso tudo, Cláudia. Penso na gente também. Só que eu acho que eu não posso desistir de tudo na minha vida de repente.

– E eu posso?

– Claro que não! Por que você tá dizendo isso?

– Você acha que as coisas vão ser tão simples para mim? Está certo que eu tenho a minha mãe, que disse que vai me ajudar. Ela não quer que eu pare com os estudos de jeito nenhum. Disse que está cansada de ver meninas que engravidam e param de estudar.

Aí vem um filho atrás do outro e a garota acaba jogando a vida dela fora.

– Eu concordo com a sua mãe. Acho que você nem deve mesmo pensar nessa possibilidade.

Ela olhou para mim e começou a chorar.

– Eu não sou forte, Luca – desabafou. – Pensei que fosse, mas não sou.

Eu a abracei.

– Eu vou te ajudar, Cláudia.

– Eu achei que ia ter forças para lutar, mesmo que fosse sozinha, mesmo que você não assumisse o nosso filho, mas eu não estou conseguindo. Estou me sentindo frágil, desamparada.

– Cláudia, a gente vai conseguir resolver tudo. Pode ser que não no começo, mas as coisas vão se ajeitar.

A Cláudia ficou mais calma. Ela se deitou no meu colo e eu fiquei um tempão passando a mão nos seus cabelos, acariciando.

A gente estava tendo que resolver tanta coisa! Sei que o pai dela preferia que a gente se casasse. Ela já tinha me dito até que ele dava um jeito de reformar para nós dois a edícula que ficava nos fundos da casa, para a gente morar.

Não sei ao certo se, com isso, ele queria proteger a filha de certos comentários sobre ela ser mãe solteira, por exemplo, ou porque realmente acreditava que um casamento na nossa idade poderia dar certo. Até poderia, vai saber. É como a Cláudia me disse uma vez. Era normal as pessoas se casarem quando a menina engravida. Supernormal.

Só que ela estava se esquecendo de uma coisa. A gente não estava namorando quando ela engravidou. A gente só estava junto porque era legal. Não sei se havia algo mais do que sexo entre nós. E, para ser honesto, acho que nem eu nem ela tínhamos realmente a intenção de que houvesse.

Mas eu já tinha consciência de que agora, querendo ou não, havia uma coisa mais séria entre nós. Não tinha como voltar atrás nem como mudar isso.

E a gente ia ter que aprender a conviver com essa situação de uma maneira ou de outra. Não existia outra forma. Era assim que tinha que ser.

Passando mal

Nós estávamos na escola e eu percebi que o Guilherme não estava muito bem. Durante uma aula e outra, eu apenas perguntei:

– Tudo bem, Guilherme?

Ele balançou a cabeça devagar.

– Tá.

Deixei para lá, a gente estava fazendo uns exercícios de Matemática supercomplicados. Eu me concentrei ao máximo para não perder o raciocínio e ficar boiando depois.

No intervalo, quando estávamos indo até a cantina, perguntei para ele:

– O que é que você tem, Guilherme?

– Nada.

– Nada? Não acredito que não seja nada. Você tá com uma cara! Aconteceu alguma coisa?

– Não. Quer dizer, é que não estou me sentindo muito bem.

– Tá sentindo o quê?

– Ah, Luca... Eu tô meio incomodado...

– Incomodado com o quê, Guilherme? Fala de uma vez!

– É que, desde antes de ontem, ando sentindo umas coisas esquisitas...

O Guilherme falava de um jeito tão estranho! Estava difícil fazer com que ele me contasse tudo de uma só vez. Eu tinha que ficar perguntando parte por parte... Não estava dando para entender nada.

– Que coisas esquisitas, Guilherme?

– É que, quando vou urinar, arde pra caramba!

– Ah, é? E por que você não vai ao médico, então?

– Ah, Luca... Será que precisa mesmo? Eu tô dando um tempo pra ver se passa... Nunca tive essas coisas antes.

– Sei lá. Mas até quando você vai aguentar? Ficar sofrendo pra quê?

O Guilherme não respondeu. Ficou quieto, um ar apreensivo. Parecia que ele queria me contar alguma coisa, mas estava meio em dúvida. Resolvi encorajá-lo:

– É só isso mesmo, Guilherme? Ou você tá com algum outro problema?

– Na verdade, Luca, é que... tô preocupado, cara!

– Preocupado, Guilherme? Com o quê?

– Sabe, tudo isso começou depois que eu transei com a Patrícia. É como eu disse pra você, eu nunca tive nada parecido antes.

– Você não transou com camisinha, Guilherme?

– Não.

– Você também é bem maluco, né? O meu exemplo não te serviu pra nada, não?

– Ah, Luca, você acha que nas condições em que a gente estava... Eu não tinha camisinha nem ela. Nós dois não íamos deixar de transar por causa disso, não tinha nem cabimento. A gente estava no maior clima desde a hora da festa. Você sabe como é que é.

– Claro que eu sei. Foi por isso que a Cláudia engravidou. Ô, Guilherme, você já pensou se a Patrícia também engravida, cara?

– Vira essa boca pra lá! Nada a ver o que você falou. Nem conheço ela direito! Tá maluco que eu vou querer um filho com ela!

O Guilherme falava aquilo como se fosse um tremendo absurdo de acontecer. Claro, a gente não conhece a garota direito, não é namorada nem nada. Como se isso bastasse para a menina não engravidar. E desde quando só fica grávida quem transa com o namorado?

Nem posso abrir a minha boca para condenar o Guilherme. Eu mesmo pensava igualzinho a ele. A gente às vezes toma umas bordoadas primeiro e depois é que vai aprender. Na marra.

Mas eu não disse nada sobre isso. O que preocupava o Guilherme não era essa possibilidade. Comecei a achar que ele se preocupava com outra coisa.

– Você está achando que pegou alguma doença dela, Guilherme? É nisso que você está pensando?

Ele balançou a cabeça.

– Estou com medo que seja isso, sim.

– Pô, Guilherme, então você tem que ir ao médico, cara! E logo!

– Ah, Luca! E eu vou falar para minha mãe que vou ao médico por quê? Já se colocou na minha situação?

– Mas você vai ter que dar um jeito! É melhor tirar a dúvida o quanto antes.

O Guilherme ficou calado durante algum tempo, pensativo.

– Se você estivesse no meu lugar, o que você faria, hein? Falava pra sua mãe, procurava algum médico por conta própria...

– Ah... não sei... Fala com o seu pai, então. Ele é homem, deve entender dessas coisas.

– Mesmo assim não é fácil. E também, o que é que vou dizer ao médico, Luca? Pô! É chato pra caramba!

– É... Mas me fala uma coisa: você acha mesmo que isso tem a ver com a sua transa com a Patrícia?

– Eu não acho nada, mas que foi muita coincidência, foi.

– Mas, a Patrícia? Acho que não, Guilherme. Você deve estar com outra coisa. A menina é uma graça, estudante de faculdade... Imagine se ela ia estar com alguma doença.

– Também já pensei nisso. Só que tudo começou depois daquele dia. Ah! Não vou mais pensar na Patrícia. Luca, me dá um conselho: faço o quê?

– Já falei. Ao médico você tem que ir mesmo.

O Guilherme me parecia uma criancinha apavorada. Tudo por causa de um médico?

Logo eu vi que não, não era isso. Ele estava morrendo de medo de que os pais dele descobrissem que ele pegou alguma doença. Pra mim, acho que ele estava exagerando um pouco.

– Ô, Guilherme! Pára com esse drama e conta logo pra sua mãe que você não está bem e quer fazer uma consulta. Pronto!

– Fácil, né, Luca? Ela vai querer saber o que eu tenho.

– Você responde, ué!

– Eu não vou falar sobre esse tipo de coisa com a minha mãe, Luca!

– Então, fala com o seu pai! Já te disse, ele vai entender, é homem também, poxa!

O Guilherme deu um suspiro e depois disse:

– Eu vou ver. Quem sabe tudo isso passe e eu não precise falar nada com ninguém.

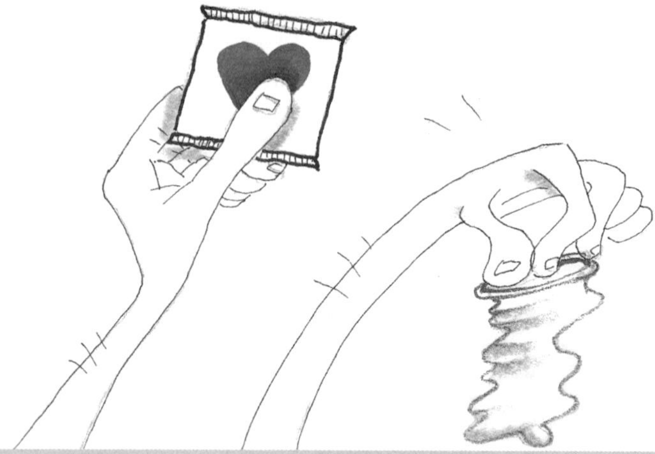

A DST

Por mais que o Guilherme tentasse adiar, teve uma hora que não deu mais. Ele teve mesmo que contar para o pai dele, já que não ia falar, de jeito nenhum, com a mãe.

Ele me disse que contou ao seu Marcos tudo o que estava sentindo, sem mencionar o nome da Patrícia. Só que não teve jeito, porque essa foi a primeira coisa que o pai dele perguntou: "Você transou com quem?".

O Guilherme disse que, no pé em que as coisas estavam, não tinha nada a ver ele esconder mais nada. Aí contou que saiu com a Patrícia, uma menina que ele tinha conhecido numa festa. Segunda pergunta do pai dele: "Não usou camisinha por quê?".

A resposta a gente já sabe. Aliás, foi a mesma resposta que eu dei a todo mundo e a mim mesmo quando descobri a gravidez da Cláudia.

O Guilherme levou uma baita bronca do pai, ele me contou. Se ele quisesse transar, que usasse camisinha. Sempre. Se não tivesse camisinha na hora, que não transasse. Se não quisesse perder as oportunidades, que não deixasse de ter sempre alguma à mão. Era isso.

Confesso que eu tenho que tirar o meu chapéu para o pai do Guilherme. Em meia dúzia de palavras, ele resumiu a coisa de um jeito tão simples, mas tão simples! Eu devia ter pensado nisso antes.

Bom, o Guilherme foi ao médico e o exame confirmou o que ele tinha: gonorreia. É uma doença sexualmente transmissível – DST, como eles chamam – e o médico disse que é até bastante comum. Por isso o ardor ao urinar e, só depois ele me contou, um corrimento meio amarelado e purulento no pênis.

Eu falei para o Guilherme, na nossa conversa, que eu achava o fim a Patrícia estar com gonorreia e nem ter falado nada. Pior, ter transado com ele desse jeito! Poxa! Ela parecia uma garota tão legal!

Aí ele me disse:

– O médico me explicou que talvez ela não saiba.

– Não? – Estranhei. Achei o maior absurdo. – Como não?

– É que os sintomas na mulher são diferentes.

– Diferentes como?

– Se a doença está no início, ela não percebe.

– Será, Guilherme?

– É. O médico falou. Talvez agora, depois de todos esses dias, ela até já saiba.

– Nossa... E você vai falar com ela?

– Eu?

– Claro!

– Você acha que eu vou procurar a Patrícia para tomar satisfação? Eu já estou medicado com antibiótico, estou bem melhor. Não quero nem saber mais da Patrícia. Nem saber!

– Não é para tomar alguma satisfação que eu estou falando, Guilherme.

– E é pra quê, então?

– Pra conversar com ela sobre a doença. Pra dizer a ela que é melhor procurar um médico.

O Guilherme não respondeu de imediato. Acho que ele não tinha pensado nisso. Mas eu pensei. É claro, porque, se for realmente como o médico falou, talvez a Patrícia nem saiba que esteja doente também!

– Você acha que eu devia, Luca?

– No seu lugar, eu iria. Você não disse que ela era superlegal e tudo? Então, ela não tem culpa. Pegou de alguém com quem transou antes e passou pra você.

O Guilherme ficou em silêncio durante algum tempo, antes de me perguntar:

– Luca, com quantos caras será que a Patrícia transou antes de mim?

– E o que interessa isso agora? Por acaso você pensou que fosse o primeiro?

– Claro que não. Não é isso. É que... bom, o meu pai me falou uma coisa... o médico também.

– Falou o quê?

– Bem, meu pai quer que eu faça um teste de HIV.

– O quê? – Levei um susto nessa hora. – Aids, Guilherme? Pelo amor de Deus, o que é isso!

– Ele quer que eu faça. O médico também acha bom.

– Minha nossa, Guilherme! Isso é uma coisa que nem passa pela minha cabeça. Nem de longe!

– E você acha que passava pela minha? Ah, meu Deus! Que inferno que virou a minha vida depois daquela festa! Definitivamente, eu não devia ter ido.

– E agora? Você vai fazer o teste?

– Vou ter que fazer. Meu pai está insistindo muito.

Nós dois deixamos a conversa no ar por um bom pedaço de tempo. Aids. Aquilo apavorava qualquer um, angustiava, fazia a gente suar frio, estremecer.

Aids. Quem não ficaria apavorado? Quem?

Preocupações

Aquele papo que eu tive com o Guilherme, sinceramente, mexeu comigo pra caramba. Também fiquei com medo e assustado. Não sei se só pelo Guilherme, mas acho que por mim também. Pois eu não tinha feito a mesmíssima coisa que ele quando transei com a Cláudia?

A Cláudia poderia ter me passado gonorreia; a Patrícia poderia ter engravidado; a Cláudia poderia ter me passado o vírus da aids; eu poderia passar o vírus da aids para outra menina... Não! Minha cabeça estava realmente querendo fundir. E, pelo jeito, isso não ia demorar muito.

Poxa! Poderia ter acontecido tanta coisa! Eu sei disso agora. Sei também que na hora da transa é muito difícil pensar em tudo isso. Difícil? Acho que é mesmo impossível.

Eu não poderia perguntar para a Cláudia com quantos caras ela já tinha transado e se ele ou eles usaram camisinha em todas as vezes. Assim como eu aposto que o Guilherme também não tinha perguntado nada disso para a Patrícia. E não ia ter cabimento mesmo.

Já pensou? "E aí, Patrícia? Você é a maior gatinha, sei que tá a fim de transar comigo e eu com você. Mas fala aí: como é que é seu passado? Você sempre transou com camisinha? Já fez algum teste de HIV?"

Não dá. Acho uma loucura tudo isso. Duvido que a minha avó e meu avô tivessem tantas encanações na vida deles.

Uma vez, numa aula de Biologia, a gente estava conversando justamente sobre isso. A professora falava que uma garota de 14 ou 15 anos da época dos meus bisavós mal tinha conhecimento sobre o seu próprio corpo. Falar em óvulos, espermatozoides, então, nem pensar! Só que elas já eram consideradas mulheres adultas e em pouco tempo estariam casadas e com filhos.

Ela continuou dizendo que hoje, claro, é muito diferente. Todos, principalmente a mulher, têm mais liberdade, mais informação... só que, apesar de tudo, apesar do descobrimento da pílula e outros métodos anticoncepcionais, muita menina ainda continua engravidando.

Eu fiquei bem quieto nessa hora, porque toda essa conversa se deu depois que a Cláudia engravidou. Não era todo mundo no colégio que estava sabendo naquela época. Hoje, claro, já não é mais novidade e todo mundo sabe que eu sou o pai. Ainda que ela estude de manhã e a gente não precise ficar andando de mãos dadas no intervalo, aquelas coisas de casais de namorados.

Fiquei pensando numa coisa agora: se eu gostasse realmente dela, eu não iria me importar de ficar de mãos dadas com ela em todo o intervalo que fosse. Você não acha que eu até ia gostar? Não ia querer namorar, curtir cada momento ao lado dela... não ia ser uma delícia, superbom?

Acho que o nosso problema estava justamente aí: nosso namoro não era uma delícia, eu não ficava pensando o tempo todo nela, em estar com ela. Pelo contrário, quando eu pensava, imediatamente associava o seu rosto a uma única palavra: problema.

Não era como quando nós ficávamos juntos, uma alegria só. Agora, não. Era só preocupação em cima de preocupação. Nem transar era mais a mesma coisa, eu logo percebi isso. Tudo era diferente, tinha perdido aquele sabor do começo.

Ela não falava nada, mas acho que para ela também era assim. Quando eu perguntava se estava tudo bem, por que ela estava com aquela cara assim, ela dizia: "Não é nada, Luca! Pensa que é fácil estar grávida? Não é, não! Queria ver se fosse você".

Que culpa tenho eu se é a mulher que engravida e não o homem? Ah! Tenha dó! A Cláudia também mudava de humor de trinta em trinta segundos!

O teste

O Guilherme finalmente concordou em fazer o teste de HIV. Ele estava em pânico, ainda mais porque o resultado ia demorar quase um mês para ficar pronto. Ia ser o maior sufoco esperar todo esse tempo.

Ele me falou que o tipo de exame que fez, chamado de PCR qualitativo, é muito minucioso, tem uma porção de etapas a seguir para que não haja nenhuma possibilidade de contaminação com o sangue que foi recolhido. Por isso a demora.

Eu não entendia muito bem, mas, pelo que o médico explicou para o Guilherme, o caso é que esse exame é definitivo, pois ele detecta a presença do vírus no nosso corpo, enquanto que o outro, o Elisa, detecta a presença de fabricação de anticorpos no nosso organismo para combater o vírus. Por isso que esse exame tem que ser repetido de tempos em tempos, pois o vírus pode estar encubado e aí não haverá anticorpos, o que logicamente fará o resultado dar negativo.

Acho essas coisas meio complicadas, sabe? Coisas sobre as quais eu nunca procurei me informar. Na minha cabeça, pra que é que eu ia querer saber sobre esses exames todos?

Pouco tempo depois de fazer o exame, o Guilherme veio conversar comigo:

– Falei com ela.

– Com ela quem?

Fiz essa pergunta sem tirar os olhos do papel. Eu estava na aula de Português, concentrado numa redação.

– Com a Patrícia.

Coloquei a caneta em cima da carteira e olhei para o meu lado direito, onde ele estava. Vi que a sua folha ainda estava em branco.

– Você foi até a república?

– Fui.

– E contou pra ela?

– Contei, sim. Só que primeiro ela disse que aquela DST não tinha nada a ver com ela. Que nunca, mas nunca mesmo ela tinha ficado doente.

– E aí?

– Aí eu disse que era ela, sim. Não poderia ser outra, porque eu não tinha transado com mais ninguém.

– Bom, daí ela acreditou.

– Não sei. Eu fiz a minha parte. Falei que ela deveria se consultar também, antes que fosse tarde.

– Você fez o que deveria fazer, Guilherme. Será que ela vai?

– Olha, ela ficou bastante preocupada. Disfarçou, disse que não poderia ser ela, mas que ficou com a pulga atrás da orelha, isso ficou, sim. Deu pra perceber.

Mesmo a gente conversando bem baixinho, a professora chamou a nossa atenção e pediu que a gente se concentrasse na redação.

Eu fiz um sinal para o Guilherme de que mais tarde a gente conversaria. Ele fez que sim com a cabeça e pegou sua caneta.

Dei uma olhadela para ele alguns minutos depois e vi que ele ainda estava sem escrever.

O Guilherme estava muito esquisito, meio chateado, não sei. Acho que não era só por causa do exame, era por causa de tudo. Essa DST também mexeu com a cabeça dele.

Na minha opinião, acho que ele deveria pelo menos tentar tirar essas encucações da cabeça e levar sua vida adiante.

Não era vergonha alguma passar por isso. Às vezes acontecem umas coisas na nossa vida para a gente poder acordar. Vai saber...

Acho que era isso que eu ia falar para o Guilherme depois, quando terminasse a aula. Talvez fosse isso que ele precisasse ouvir de um amigo para desencanar de uma vez por todas.

Novas possibilidades

No meio de tantas dúvidas, medos e encucações, algumas coisas boas também andavam acontecendo. E referentes ao meu trabalho.

Meus dias na imobiliária estavam superagitados. Pra falar a verdade, acho que desde o feriado de 7 de setembro, ocorrido algumas semanas antes.

Era sempre assim, eu já estava acostumado. No inverno, quando a imobiliária trabalhava praticamente só para os moradores da cidade, o meu trabalho ficava mais calmo. Mas, conforme o verão ia chegando, a procura por casas e apartamentos para temporada aumentava.

O telefone tocava a toda hora. Tinha uma porção de clientes novos para eu cadastrar, procurar o tipo certo de apartamento ou casa para cada um, fazer as reservas, confirmar os depósitos no banco, enfim, o serviço tinha aumentado.

Para mim até que era bom, pois assim a minha cabeça se ocupava exclusivamente com o meu trabalho e deixava um pouco os outros problemas de lado.

O fato é que eu, não sei se por isso ou não, acabei me envolvendo mais com a imobiliária e com isso a minha chefe, a dona Isabel, acabou me dando mais responsabilidades também.

Gostei. Eu me senti superbem, valorizado. Gostei mesmo.

Acho que foi aí que comecei a pensar em outras coisas. Isso porque eu realmente estava gostando de me envolver com o dia a dia da empresa e, consequentemente, me interessando mais por toda essa parte administrativa e organizacional da imobiliária.

Sei lá, alguma coisa estava mudando em mim, eu ainda não conseguia definir muito bem o que era, mas já começava a pensar, por exemplo, que não era porque eu gostava pra caramba de trabalhar com computador, e aqui na imobiliária eu trabalhava quase que o tempo todo com ele, que eu queria trabalhar com implantação e manutenção de *softwares*, redes de computação, procurar erros nos sistemas... sei lá. Talvez o meu caminho não fosse bem esse.

Também não fiquei me pressionando para resolver tudo na correria. Ainda tinha um tempo antes das inscrições para o vestibular e com isso eu poderia pensar e colocar a minha cabeça um pouco mais em ordem.

Fazia tempo que eu não ia para Urânia ver meus pais. Não sei se eu é que arranjava uma desculpa atrás da outra para não sair de Santos ou o quê.

Mas naquele fim de semana eu senti vontade. Queria ver meus pais, contar como andavam as coisas, apesar de minha mãe já saber de tudo, pois ela me ligava todo domingo; às vezes, também no meio da semana.

Eu queria contar que estava bem no meu trabalho, que pelo menos alguma coisa tinha melhorado e dado certo e que eu não era tão inútil e irresponsável.

Foi por isso que decidi viajar, logo após o almoço do sábado. Avisei a Cláudia e disse que, quando chegasse no domingo, eu iria até a casa dela. Ela não disse nada. Falei para ela sair um pouco, pegar um cineminha com as amigas ou qualquer outra coisa. Ela disse que ia ver, sim. A própria Thaís queria que ela saísse para se distrair.

A Cláudia, depois que tinha engravidado, mais ainda depois que a barriga tinha começado a aparecer, só saía comigo ou fazia programas com a mãe dela. Ia à casa de alguma tia, ia ao *shopping*, vinha aqui em casa... Acho que era por isso que de vez em quando ela ficava daquele jeito, mal-humorada, nervosa, deprimida.

Eu entendo que não estava sendo fácil para ela. Até mesmo porque era ela quem tinha que conviver com o bebê na sua barriga o tempo todo. Não dava nem para esquecer, pensar em outra coisa. Como eu, por exemplo.

Claro que tinha a escola, a Thaís, que era a sua melhor amiga e não deixava nunca de dar uma força, de estar sempre junto. Mas mesmo assim, mesmo tendo um monte de meninas na idade dela engravidando, como disse naquela vez a minha professora de Biologia, para ela não era tão normal assim.

Às vezes ainda sinto pena, culpa, tanta coisa! Mas parei de ficar pensando que a gente não merecia uma coisa dessas, o que era que a gente tinha feito para merecer isso, etc., etc.

Tratei de pensar que tudo o que aconteceu, aconteceu por causa da gente mesmo. Não tinha essa de merecer ou não merecer. A coisa era simples: não usei camisinha, a Cláudia estava no seu dia fértil, o espermatozoide fecundou o óvulo e aí estava o bebê. Era isso.

Por isso decidi que eu ia viajar, arejar a minha cabeça e pensar em outras coisas.

Sabe, eu estava mesmo com saudade dos meus pais.

Saudades de casa

Foi bom ver meu pai de novo. Ele me recebeu na porta de casa com um sorriso e um abraço.

– Está tudo bem com você, filho?

– Tá sim, pai. Tudo bem.

– Está com fome? Quer comer alguma coisa?

– Agora, não. Cadê a mãe?

– Foi à mercearia buscar umas coisinhas. Você sabe, ela quer encher a geladeira, cozinhar pra você...

Nós entramos em casa. Meu pai se sentou no sofá e eu também. Deixei a minha mochila do meu lado. Olhei para ele.

– E a Cláudia? – ele me perguntou.

– Ela está bem, pai. Quer dizer, com o bebê tudo bem. Ela, mais ou menos.

Ele ficou me olhando, esperando que eu continuasse.

– Às vezes ela fica meio deprimida, chora...

– Não é fácil para uma menina de 16 anos carregar uma criança...

– Eu sei.

– Pra você também não é uma situação muito fácil, não é, Luca?

Balancei a cabeça.

– Não, pai. Não é.

– Sabe, Luca, só está sendo difícil porque você é um rapaz responsável e consciente.

Eu arregalei os olhos nessa hora. O meu pai me chamando de responsável e consciente? Mas não falei nada, deixei que ele terminasse de falar.

– Tem muito rapaz, Luca, que simplesmente não está nem aí. Tira seu corpo fora e deixa o problema todo para a menina resolver. Afinal, o bebê está na barriga dela e não na dele. Ela é quem vai ter que amamentar, cuidar, fazer tudo o tempo todo. Ela e a família dela. O rapaz está na casa dele, acha que não tem nada a ver com essas questões.

– Mas eu nunca pensei assim, pai!

– Eu sei. Depois de um tempo, eu entendi isso. Acho que você sempre se preocupou. Sempre viu como um problema seu também.

– E é verdade. Claro que a responsabilidade maior cai sempre sobre a garota, não há como negar, mas eu me sinto responsável também. Nós dois somos responsáveis. Só aconteceu porque nós dois quisemos e nós dois não pensamos nas consequências. Não pensamos em nos proteger.

Meu pai concordou comigo:

– É isso mesmo, filho.

– Eu pensei muito, pai, desde que tudo isso aconteceu. Sei que nós dois vacilamos, que a gente podia ter feito tudo, curtido tudo, mas sem deixar de lado a nossa segurança. Mas isso é uma coisa que eu já mudei na minha cabeça. Sexo agora, pai, só com toda a segurança. Não vou vacilar mais. De jeito nenhum, seja com quem for.

– Seja com quem for? E a Cláudia, Luca?

Eu me levantei do sofá e dei uma volta pela sala. Aquela sala pequena, com poucos móveis, uma estante com vários porta-retratos da nossa família.

Numa, eu, ainda pequeno, sentado numa bicicletinha que eu tinha ganhado num Natal. Acho que eu tinha uns 5 anos, estava todo sorridente, superfeliz.

Noutra foto, meus pais, numa viagem que fizeram só os dois. Eu já estava morando com os meus tios naquela época e nós ficamos tirando o maior sarro deles. É que os meus pais se comportavam como se fossem para a lua de mel. Acho que eu não entendia como essa viagem era importante para eles. Mais que isso, eu não entendia como era importante duas pessoas ficarem juntas porque realmente se curtem, se amam.

Em outra foto estávamos nós três, quando eu me despedi deles e de Urânia para tentar uma vida nova. Um começo novo, o início da minha vida adulta, a faculdade, a perspectiva de uma carreira de sucesso.

Não sei quanto tempo eu fiquei com o olhar perdido naquelas fotos. Quando me dei conta, virei para o meu pai. Ele estava aguardando a minha resposta. Um rosto tranquilo, sereno, um rosto que me mostrava apoio para o que desse e viesse. Um rosto que talvez eu também fosse ter um dia, quando eu visse o meu filho com um monte de problemas. Era daquela força que eu precisava, que todo mundo precisa receber de alguém um dia.

– A Cláudia, pai, é a mãe do meu filho. Mas não sei se ela é a pessoa com quem eu gostaria de casar, morar junto, formar uma família, como você me disse naquela vez, tá lembrado?

– Estou lembrado, sim. Mas a família já existe, você querendo ou não. Vocês dois vão ter um filho.

– Eu sei.

– Mesmo que você não fique com ela, Luca...

– Eu sei, pai. Esse filho sempre vai ligar a gente. Eu tenho consciência disso. Mas a gente não pode se casar só por causa do bebê. Não que ele não seja importante, não é isso. É que a gente tem que ser feliz primeiro. Eu acho.

Meu pai se levantou do sofá e veio para perto de mim. Eu ainda estava em pé, em frente à estante dos porta-retratos.

Ele pegou em meu braço e disse:

– Seja qual for a sua decisão, Luca, eu estou do seu lado.

Eu sorri e lhe dei um abraço apertado. Bem apertado.

Foi a melhor coisa que eu tinha ouvido nos últimos tempos.

Final de semana feliz

Conversamos muito no sábado e no domingo. Senti uma energia tão boa naquela casa! Tudo estava tão confortável e tão aconchegante! Não tinha nem comparação de quando eu tinha vindo contar sobre a gravidez da Cláudia.

Minha mãe estava feliz em me ver e, confesso, fui bastante paparicado. Que coisa boa! Eu sempre digo que escolhi ser independente, morar longe deles, ter mais responsabilidade, cuidar da minha própria vida. Mas, às vezes, ainda é muito bom ter os pais por perto.

Só que é uma situação que não tem mais volta. Eu tenho certeza de que, depois que eu fizer a faculdade, não vou mais querer voltar a morar em Urânia. Já fiz amigos, já comecei um trabalho em Santos e é muito provável que eu fique por lá mesmo.

Urânia, para mim, vai ser a terra dos meus pais, a minha outra casa. Tá certo que eu até pensei que talvez pudesse ficar aqui e ajudar o meu pai com a mercearia. Lembra a história de desistir da faculdade, construir uma rede de hipermercados? Como se isso fosse assim, tão simples.

Não dá. Penso até que, com os estudos, posso ajudar o meu pai a organizar melhor algumas coisas. Descobrir, por exemplo, quais as possibilidades de ele aumentar os seus lucros sem se esquecer da qualidade dos seus produtos, etc.

Uma vez me disseram que, quanto mais estudo os pequenos comerciantes como o meu pai têm, mais eles conseguem agilizar e melhorar o seu faturamento. É verdade! As pessoas fazem cursos, reciclam seus conhecimentos e adquirem mais visão das coisas. Todo mundo sai ganhando. Tanto quem compra quanto quem vende.

Disse tudo isso para o meu pai. Minha mãe olhou para mim com uma cara meio confusa.

– Luca, você está querendo estudar o quê, afinal? Veio com essa história, cheio de ideias... seu negócio não era computador?

– Gosto de trabalhar com computador, mãe. Mas andei conversando com uma porção de gente.

– Com quem? – meu pai perguntou.

– Ah, pai, pessoas dessas áreas. Procurei me informar melhor. Não quero cair no erro de tanta gente, de entrar numa faculdade iludido com o curso. Fui pesquisar, saber direitinho como as coisas funcionam.

– Poxa, filho! – minha mãe disse. – Que bom! E agora, então, você já se decidiu?

– Estou quase certo que sim – respondi.

– Bom. Pelo que acabou de falar, você desistiu de prestar Análise de Sistemas? - quis saber meu pai.

– Não era Computação? – perguntou minha mãe, ainda confusa.

– Eram os dois – respondi, com um sorriso. – Mas também tem uma coisa, mãe. Eu refleti bastante e cheguei à conclusão de que não posso perder de vista as minhas condições.

– Como assim? – ela perguntou.

– Primeiro: gosto de computador, como já disse. Mas o computador para mim é apenas uma ferramenta de trabalho, talvez eu não queira ficar envolvido com programações, entendeu? Gosto de trabalhar com ele. Hoje em dia, não tem nem cabimento uma empresa dispensar uma máquina como essa e ficar fazendo anotações em livros como antigamente. Estão me entendendo?

– Claro!

– Segundo: lembra que eu comentei da imobiliária? Que acabei me envolvendo mais, conhecendo o funcionamento da empresa?

– Você vai querer abrir uma imobiliária?

– Não, mãe! Claro que não! Desde quando eu teria capital para abrir qualquer coisa que fosse? Bom, pelo menos por enquanto. Vamos ver no futuro.

– Deixa ele falar, Marli. Continua, filho.

– Bem, eu descobri que gosto da parte administrativa da empresa, de resolver alguns problemas, de dar ideias... Sabe que a dona Isabel anda me elogiando pra caramba? É, disse que eu estou demonstrando muita... como é mesmo que ela falou? Ah! Disse que eu ando demonstrando muita desenvoltura. É isso.

– Poxa, filho! Estou superorgulhosa de você.

Minha mãe me deu um abraço. Meu pai cortou a cena:

– E aí? Você ainda não disse. Resolveu fazer outro curso na faculdade?

– Resolvi. Vou prestar para Administração de Empresas. Além de ser um curso de que acho que vou gostar bastante, pelo que pesquisei, é também mais barato do que os de Análise de Sistemas e Computação. E isso é uma coisa que não dá para desprezar. Afinal, ninguém garante que eu vá passar numa faculdade pública, vocês não concordam?

– É, você tem razão, Luca – meu pai concordou. – A gente tem que ter os pés no chão e pensar em tudo isso, sim.

– Já pensou se o seu sonho fosse ser médico, meu filho? Pensou no preço de uma faculdade de Medicina?

Olhei sério para minha mãe. Acho que realmente eu tinha aprendido a ser realista. Confesso que me deu até uma certa tristeza, porque a situação do nosso país não permitia tantos sonhos assim aos jovens que não eram de uma classe mais favorecida.

Se eu, com as minhas condições atuais, conseguisse cursar uma universidade, me manter lá dentro e me formar, já ia ser uma vitória. Muita gente não consegue ter essa oportunidade. Muita gente não consegue ter o direito de sonhar.

Dei um suspiro e respondi para a minha mãe:

– Se eu sonhasse ser um médico, mãe, infelizmente só ia poder ficar no sonho. Como aquela coisa de quando a gente é garoto e sonha ser bombeiro, piloto de avião e até mesmo médico. Ia ficar somente no sonho, mãe. Só no sonho.

Apoio

Conversei mais algumas coisas com meus pais. Mesmo eu tendo já me decidido por um curso mais barato (e também não era só por isso, como eu já falei), ainda assim era muito caro para mim e para o meu salário. Ainda mais com um filho por chegar: eu tinha que arcar com o seu sustento também!

Por isso, para que tudo não ficasse só no sonho e eu estivesse com os pés o máximo possível no chão, tive uma outra conversa muito séria com eles. Precisava saber se os meus pais poderiam me ajudar no começo. Primeiro, porque eu não sabia se ia continuar morando na casa dos meus tios.

O meu tio tinha ficado bastante diferente comigo depois que a Cláudia engravidou. A minha tia nem tanto, era mais o meu tio mesmo. Ele não aceitava, claro, principalmente por ser a Cláudia. Quem sabe se fosse outra garota que ele nem sequer conhecesse... Mas o caso é que com a Cláudia ele nunca aceitou.

Sua amizade com os pais dela também ficou diferente. Esfriou. O pai dela sempre cobrou, mesmo sem dizer nada, uma atitude por parte do meu tio.

Mas que atitude ele queria que o meu tio tomasse? Me forçasse a me casar com ela? Começasse a reformar a edícula, comprasse alguns móveis mínimos necessários para se começar uma vida a dois? Que atitude?

Só que essas coisas não estavam mais me perturbando tanto. E era por isso que eu não sabia se deveria, no próximo ano, continuar morando na casa deles.

Talvez eu devesse fazer como o Alexandre, o primo do Guilherme, e procurar mais alguns caras para dividir o aluguel de uma república. Não ia ser tão difícil. O Alexandre me disse que, nos murais da faculdade, não faltavam anúncios procurando pessoas para rachar as despesas e o aluguel.

Sendo assim, eu tinha então que pensar em tudo isto: pagar a faculdade e os livros, pagar o aluguel, rachar as despesas com água, luz, comida, coisa que eu não fazia na casa do meu tio. E o principal: ajudar a Cláudia a sustentar o nosso filho.

– Que é que você acha, pai?

– Sei lá, filho. Seu tio sempre disse que queria levar você pra Santos para estudar.

– Isso antes, né, pai?

– Mas, Luca – começou minha mãe –, você acha mesmo que ele mudou de ideia, quer dizer, não quer que você more mais lá com ele?

– Ele não disse nada, mãe, mas eu sinto. Ele mudou comigo. Me acusa o tempo todo com os olhos porque eu engravidei justamente a filha do seu melhor amigo. Esse é que é o problema.

– Então, talvez seja melhor você sair mesmo de lá – ela disse.

– Eu sei. Por isso eu estou aqui conversando com vocês. Se eu tiver que pagar a faculdade, aluguel, ajudar a Cláudia...

– Claro que o seu dinheiro não vai dar – concluiu meu pai.

– É, pai. E eu não quero mais ficar sonhando. Quero encarar os fatos, a realidade. Se tiver que ser assim, então não vai dar. Eu sei que não vai.

Meu pai estava entendendo aonde eu queria chegar. Ele me disse:

– Luca, nós nunca pensamos em deixar de te ajudar, filho. Você sabe que as nossas condições não são muitas, mas é claro que, dentro das possibilidades, você tem todo o nosso apoio.

– Claro, Luca! – concordou minha mãe. – Nem pense em desistir da faculdade, hein? Não é só o seu sonho, é o nosso também. A gente vai te ajudar, vai dar um jeito.

– Também, pai, as universidades oferecem bolsas logo depois do primeiro semestre. Dependendo da situação, a pessoa consegue cinquenta, setenta por cento de desconto. Eles fazem uma análise da vida do estudante, veem as reais possibilidades...

– E você não precisa pagar depois?

– Em alguns casos, sim. São os créditos que você tem e paga depois de formado em várias prestações. Mas eu conversei com o Murilo, um dos amigos do Alexandre, que mora na mesma república. O Murilo estava superfeliz com o que tinha acontecido com ele naquela semana. Estava dando pulos de alegria.

– Ah, é? E o que foi? – minha mãe quis saber.

– Ele já está no terceiro ano de Economia. Sempre fez a faculdade desse jeito, conseguindo cinquenta por cento de bolsa todos os anos. Tudo isso para pagar depois de formado, como eu disse. Nessa semana, a comissão responsável pelas bolsas de estudo chamou o Murilo para conversar e disse que eles fizeram uma nova análise da sua situação. O cara ficou preocupado. Ficou morrendo de medo de que falassem que iam cortar a bolsa dele. Mas foi exatamente o contrário. Disseram que, a partir daquele dia, ele tinha conseguido setenta por cento de bolsa até o final do curso e que a sua dívida com a universidade estava zerada. Ele não devia mais nada e ia poder estudar até o final pagando apenas trinta por cento da mensalidade.

– Nossa! Que maravilha!

– Maravilha mesmo. Eu também achei, fiquei superfeliz por ele. Realmente, se fosse ver mesmo, o Murilo é um cara que não teria as mínimas condições de se manter numa faculdade e no entanto...

– Às vezes, a gente tem mesmo que acreditar nos nossos sonhos, né, Luca?

Olhei nos olhos do meu pai e respondi:

– Às vezes não, pai. Sempre.

O momento certo

Contei para a Cláudia tudo o que tinha acontecido lá na casa dos meus pais, o que nós tínhamos conversado, a minha decisão sobre o vestibular e que talvez eu fosse sair da casa dos meus tios no próximo ano.

Era final de tarde e resolvemos sair e dar uma volta pela praia. Estava um tempo gostoso, o calçadão já estava lotado de gente caminhando, correndo, passeando... Como nós estávamos fazendo naquela hora.

Descemos até a areia, onde uma turma jogava bola. Passaram correndo perto da gente, jogaram areia. Nós desviamos um pouco e continuamos caminhando. Ficamos um longo tempo em silêncio.

Eu olhava para o topo das montanhas, para o mar... Aquele céu azul, o Sol que já estava começando a desaparecer... Me senti com o coração quente, aquecido. Uma leveza tinha tomado conta de mim.

Peguei a mão da Cláudia, olhei para ela e sorri. Ela também me sorriu. Ela estava linda, com aquela barriga de sete meses... Tão linda! E parecia tão madura! Não parecia mais aquela menina que tinha ficado comigo no começo do ano.

Ficamos andando um tempão, despreocupados, só curtindo aquele céu claro, aquele barulho gostoso de mar...

Eu sempre gostei do mar. Acho que isso também deve ter me influenciado um pouco na minha escolha em vir para cá.

Parecia que o mar me deixava mais forte, com mais energia para enfrentar tudo... sei lá. Podia até ser bobeira minha, mas eu gostava. E andar com a Cláudia pela areia, de mãos dadas, me fazia muito bem. Até parecia que a gente era mesmo um casal de namorados, superapaixonado e feliz.

Depois de andar bastante, olhei lá para cima, de volta ao calçadão, para uns bancos instalados ali. Perguntei para a Cláudia:

– Quer sentar lá um pouco?

Ela concordou.

Fomos subindo devagar, de mãos dadas, os pés esparramando a areia.

Fiquei ainda um tempo, os olhos vidrados no horizonte.

– Sabe, Cláudia, que o meu maior sonho quando era pequeno era morar numa cidade que tivesse mar? Acho que eu imaginava que ia passar todos os meus dias dentro da água, brincando. Ir à praia todos os dias! Já pensou?

– Ah, Luca. Eu nasci aqui em Santos, mas não é bem assim.

– É claro que não, eu sei. Mas na minha fantasia de garoto eu achava que era. Qual criança não gosta de brincar no mar?

– Você acha que o nosso filho vai gostar?

– Tenho certeza. Um dia desses, é engraçado, mas fiquei me imaginando brincando com uma criança na areia, chutando bola, pegando onda com aquelas pranchas...

A Cláudia puxou o meu rosto. Eu ainda estava com os olhos fixos na praia. Eu olhei para ela.

– Então, você já está mais acostumado com a ideia, Luca?

Eu lhe dei um sorriso.

– Acho que sim, Cláudia. A gente tem que pensar, não é? Logo ele vai estar aí. Bom, ele ou ela.

A Cláudia ficou quieta por alguns instantes antes de dizer:

– Não é ela, Luca.

– Como assim?

– Fiz o exame de ultrassom na semana passada. É ele.

– Jura, Cláudia? E por que você não me disse que já sabia o sexo? Nem me contou que ia fazer esse exame!

– Ah... não sei. A semana passada eu andei meio deprimida, minha mãe é que foi comigo. Mas é menino, sim. O médico falou que deu para ver.

– Pô! Que legal! Não que eu não fosse achar legal uma menina. Pra falar a verdade, eu nem tinha pensado no sexo do bebê. Pra mim, era um filho, um bebê, um alguém sem identidade ainda, quer dizer, não tinha me importado com isso até agora, você me entende?

– Eu entendo.

– E você? Tinha pensado?

– Eu tinha. Às vezes ficava imaginando que, se fosse menina, talvez tivesse a cara que eu tinha quando era pequena. Moreninha, olhinhos escuros, a pele bem rosada, gordinha... sei lá. E quando pensava em menino, pensava em você, apesar de eu não fazer a mínima idéia de como você era quando pequeno.

Fiquei mais sério e disse:

– Cláudia, você não faz ideia nem de como eu era há três anos.

Ela franziu as sobrancelhas.

– Por que você está dizendo isso?

– Porque a gente se conheceu agora. Aliás, acho que, de verdade mesmo, a gente ainda está se conhecendo.

– E daí? Tem tanta gente que se conhece e já se apaixona. Ou que namora um ano e já se casa. Não dá na mesma? Também não se conhecem há três anos ou há cinquenta anos.

– Tá certo. Com muita gente acontece isso, sim. Não há uma regra.

– Nenhuma regra, Luca.

– E nós, Cláudia? Você acha que a gente está preparado para assumir uma relação mais séria?

– Quer que eu seja sincera, Luca?

– É lógico! É o que eu mais quero.

– Se for pensar na minha situação, grávida de você, se for pensar nos meus pais que querem que eu dê um jeito na minha vida, se for pensar em tudo isso, eu diria que sim, que a gente tem mesmo é que assumir essa relação, como você mesmo disse, e parar de brincar de namorar. De fazer de conta que nada mudou, que a gente pode levar a vida como antes.

Ela ainda esperou um tempo antes de continuar.

– Mas, se for para pensar em nós dois, no que sentimos de verdade um pelo outro... eu acho que não.

– Você acha isso também?

– Acho, Luca. Não há como negar. Nós dois só estamos juntos, namorando, por causa do bebê. Se não tivesse bebê nenhum era muito provável que a gente nem estivesse ficando mais. Foi coisa do momento, a gente sabe.

– Eu também penso assim, Cláudia. Aliás, é o que eu mais ando pensando todos os dias. Eu não quero magoar você, não quero de jeito nenhum fugir do compromisso, não se trata disso.

– A gente não pode continuar enganando todo mundo. Meu pai acha, ou tem certeza, não sei, que a gente vai acabar casando. Que, se não nos casarmos antes de o bebê nascer, casamos depois. A cabeça dele está pensando desse jeito, eu sinto isso pelo modo como ele me olha, pelo modo como ele diz as coisas, como ele fala de você.

Eu a abracei. Senti uma vontade enorme de abraçá-la. Trouxe o seu rosto para perto de mim e o encostei no meu peito. Fiquei um tempo passando a mão em seus cabelos, no seu rosto, acarinhando. Mais tarde, levantei seu rosto e o segurei com as minhas duas mãos.

– Gosto muito de você, Cláudia. Aprendi a te ver como uma grande amiga. Uma amiga como eu jamais tive outra igual. E eu quero que seja assim para sempre, porque você vai ser a mãe do meu filho. Do nosso filho.

– Eu também gosto de você, Luca. Não pense que tudo o que eu disse foi fácil de dizer. Não foi. Foi sofrido, doído. Juro que eu não queria que fosse assim. Sempre achei que as coisas fossem acontecer de outro jeito para mim. Mas não aconteceram.

– Eu vou ajudar você em tudo o que for preciso, Cláudia. Quero que o nosso filho veja que somos amigos, que ele pode contar sempre com a gente. Que vivemos em dois mundos separados, mas com dignidade, com carinho, sem nunca um ter que ficar brigando com o outro.

Ou, pior ainda, jogando na cara que só ficamos juntos por causa dele e não por nossa causa. Essa é a hora de pensarmos em nós, Cláudia. Quero que você seja feliz. E eu também quero muito ser feliz.

– Meus pais vão ficar bastante decepcionados. Principalmente meu pai.

– Eu converso com ele.

– Depois, Luca. Primeiro, eu quero conversar. Sozinha.

– Tem certeza?

– Tenho. Depois você vai.

Dei um beijo em seu rosto.

– É engraçado, Luca...

– O quê?

– Ontem mesmo minha mãe veio me perguntar sobre nós. Eu estava no meu quarto, arrumando umas coisas e ela veio de mansinho, querendo conversar.

– Ah, é?

– É. Perguntou se a gente se ama mesmo. Se era isso que eu queria de verdade: casar com você.

– E aí? O que foi que você disse?

– Disse que não sabia se era amor mesmo.

– E ela?

– Falou que eu devia pensar bem. Que eu só tinha 16 anos e a vida toda pela frente. Precisava fazer a coisa certa, aquilo que me deixasse feliz.

– Sua mãe tá certa, Cláudia. Será que seu pai vai pensar assim também?

Ela balançou a cabeça.

– Acho que não. No fundo, ele não quer me ver grávida e sozinha, sem um marido. Não acha certo.

– Mas você não vai ficar sozinha a vida inteira! Vai encontrar alguém que te ame e que você ame também. Tem muita coisa ainda pra acontecer na nossa vida, Cláudia. Muita coisa.

Respirei fundo e completei:

– Sua mãe tem razão. A gente tem toda a vida pela frente.

Conversa com o tio

Nada foi muito fácil. Nada. Mesmo depois de a Cláudia ter falado tudo, explicado tudo. A mãe compreendeu mais facilmente; já o pai, não.

Fui depois até a casa dela para conversar. A Cláudia disse que o seu pai não queria me ver, que ele tinha mandado o recado para eu sumir do mapa.

Mas eu achei que era a minha obrigação. Eu ia, sim, falar com ele. Mesmo porque não seria a última vez que nós íamos nos encontrar. A gente ainda ia se ver muito, por causa do bebê.

Foi aí que ele teve um acesso de raiva na minha frente. Disse que eu era muito cara de pau, que ele já tinha falado para eu não aparecer e que não era para eu procurar a Cláudia nunca mais, nem o bebê. Que ele ia ser o pai no meu lugar.

Aí eu respondi que ele nunca ia ser o pai, que o pai era eu. Que ele poderia, sim, fazer muita coisa que eu, talvez, estivesse mais distante para fazer: dar carinho, amor, atenção, cuidar para que ele crescesse com saúde, sem que lhe faltasse nada. Mas que, ainda assim, ele ia continuar sendo o avô, e deveria se orgulhar quando o neto o chamasse pelo que ele realmente era: avô.

Não pense que as coisas se resolveram nessa calma toda. Houve muito barulho, muitas palavras que acabaram saindo sem querer da boca de um e de outro. Mas acho que, com o tempo, tudo vai se ajeitar. É o que eu espero. Não só eu, mas a Cláudia também. Essa decisão foi tomada por nós dois. Era o que nós achávamos que seria melhor tanto para mim quanto para ela.

As inscrições para o vestibular também tinham chegado. Fiz tanto em universidades públicas quanto em particulares.

Tinha estudado bastante. Estava também me esforçando muito nas aulas. Queria passar de qualquer jeito.

Contei para a Thaís das minhas intenções em deixar a casa dela. Nós estávamos em seu quarto ouvindo música e conversando. Ela não aprovou a ideia.

– Mas por quê, Luca? – quis saber.

– Thaís, eu gosto pra caramba de você, da tia e até mesmo do tio, que anda meio bravo comigo. Agradeço de coração tudo o que fizeram por mim. Mas não dá, Thaís. Eu sei que ele está magoado comigo, que nunca aceitou o que aconteceu. Não deve ser fácil para ele também ficar me vendo todo dia na sua casa e lembrando que ele me deu casa, me deu todo o apoio para eu começar uma vida nova e eu acabei atrapalhando a vida dele.

– Atrapalhando, Luca? Você nunca atrapalhou.

– Tá bom, Thaís. Pode ser que a palavra não seja essa. Mas eu sei que ele ficou decepcionado comigo, colocou toda a confiança do mundo em mim e eu não correspondi. Eu sei disso.

– Luca, eu acho que você deveria pensar melhor...

– Thaís...

– Luca!

Não era a Thaís que falava o meu nome. Olhei para trás. Era meu tio Antônio. Estava com uma cara séria, fechada... Não sabia desde que momento da minha conversa com a minha prima ele tinha ouvido.

– Quero falar com você, Luca.

– Pai, o Luca...

– Thaís, eu quero falar com o Luca. Sua mãe está chamando você. Vai ver o que ela quer, está bem?

Ela olhou para o pai e depois para mim. Coitada, acho que ela queria me “salvar”. Acho que ficou com medo de que o seu pai me expulsasse de casa naquela hora mesmo. Percebi que foi por isso que ela tentou de novo:

– Pai, o Luca está com problemas, a gente precisa...

– Thaís! Posso conversar com o Luca, por favor?

Ela deu um suspiro e olhou para mim outra vez, antes de responder:

– Tá bom, pai. Tá bom.

A Thaís passou pela porta. Meu tio foi até lá e a fechou. Depois, sentou-se na cama, ao meu lado.

– Fala, tio.

– Escutei parte da sua conversa com a Thaís.

– Então você já sabe sobre a minha decisão. Estou pensando em esperar um pouco, se você não for contra. Primeiro, eu queria ter a certeza mesmo de que eu vou passar no vestibular. Depois, na matrícula, eu já começo a procurar alguma vaga numa república. O pessoal diz que sempre tem vaga. As pessoas se mudam muito.

– Luca... Alguma vez eu lhe disse para sair daqui?

– Claro que não, tio.

– Não fui eu que busquei você, que insisti tanto com seu pai e sua mãe para você vir morar aqui, estudar, fazer faculdade... não fui eu, Luca?

– Foi, tio. Mas eu sei o quanto você ficou magoado comigo.

– Claro que eu fiquei, Luca! Foi um choque para mim! Você e a Cláudia ainda são duas crianças, quer dizer, no sentido de se responsabilizarem por um filho. No que se refere à parte sexual, vocês bem que amadureceram bem rápido...

– Tio...

– Escuta o que eu vou falar. Fiquei muito magoado, sim. Principalmente por eu conhecer a Cláudia desde bem pequenininha, você sabe que os pais dela são nossos amigos há muito tempo. Mas, se fosse com outra garota, eu ia ficar também. Não pense você que eu não ia nem ligar, achar que tudo bem. Poxa! Você está morando comigo, está sob os meus cuidados, prometi para o seu pai! Você querendo ou não, eu me sinto responsável, é como se você fosse meu filho também! É isso que eu gostaria que você entendesse.

– Eu entendo, tio. Mas acho que eu tenho que cuidar da minha vida. Vou ter que dar um jeito de me sustentar na faculdade, sustentar o meu filho e fazer de tudo para me manter no meu emprego porque, bem ou mal, eu dependo dele.

– E agora vai querer ainda ter mais um gasto com aluguel, alimentação...

– Não é questão de querer, tio. É que eu preciso mesmo pensar em todas essas coisas.

– Você não precisa, Luca.

Percebi que ele falava aquilo até com certa emoção. Ele continuou:

– Eu gostaria muito de poder continuar te ajudando, Luca. Gostaria muito que você não deixasse esta casa. Não agora, pelo menos. Só quando você realmente tiver condições para isso.

– E a Cláudia, tio? E o pai dela? Sua amizade com ele...

– A gente tem que respeitar a decisão das pessoas, Luca. Pelo que eu saiba, você e a Cláudia decidiram não ficar juntos, não se casar, não é isso?

– É isso, sim, tio. Nós dois decidimos.

– Agora, o que me resta é pensar em você. Não há nada que eu possa fazer. Eu sei que eu até aconselhei você a se casar com ela, mas... eu respeito o que vocês decidiram.

Dei um sorriso. Que alívio! A última coisa que eu queria era sair daquela casa brigado com o meu tio, um cara que sempre me ajudou pra caramba, não deixo de reconhecer.

– Escuta o que eu digo, Luca. Se você continuar aqui e não precisar pagar aluguel, água, luz, comida, vai sobrar mais para você gastar com seus materiais da faculdade e até para ajudar a Cláudia, que foi o que você me falou que quer fazer, não é?

– É, sim.

– Então, Luca?

Pensei em tudo o que o meu tio falou. Não só no que ele falou mas em tanta coisa junta.

Como é que poderia uma simples transa, uma simples curtição, envolver tanta gente de uma só vez?

Não era uma coisa que ficava só entre mim e a Cláudia. Se ela não tivesse engravidado, sim. Morreria o assunto ali mesmo. Mas com a vinda de um filho, tanta coisa, mas tanta coisa mudava! E mudava na vida de tanta gente!

Na vida dos meus pais, que me apoiavam. Sem o apoio deles, eu teria que deixar para trás boa parte dos meus sonhos.

Dos pais da Cláudia, que iam conviver com a filha e o neto em casa durante muito tempo, pelo menos até a Cláudia resolver se casar ou fazer a vida dela, morando sozinha, fazendo faculdade também... Mas, por enquanto, ela dependia exclusivamente deles para tudo.

Dos meus tios, que me deram todo o apoio para vir morar com eles e que agora querem continuar dando uma força, não querem me abandonar no momento em que eu mais preciso.

Não posso deixar de dizer que as coisas tinham ficado bem mais fáceis, bem mais simples. Tinha muita gente do nosso lado. Do meu e do da Cláudia. E isso era uma coisa que não tinha como eu esquecer.

Dupla felicidade

Muitas coisas boas aconteceram. A primeira delas, e que antes estava deixando a gente no maior sufoco, era em relação ao resultado do exame do Guilherme. Graças a Deus, o resultado tinha dado negativo.

Desse susto ele tinha escapado. E eu também, por que não dizer? Uma vez que nunca, mas nunca mesmo na minha vida eu ia imaginar que um amigo meu, aliás, meu melhor amigo, fosse precisar fazer um teste porque podia ser que ele estivesse com o vírus da aids.

Francamente, foi barra. Eu sei bem o que o Guilherme passou. Não só ele, claro, mas a família toda.

Para mim, tudo aquilo ainda me assustava e mexia com as coisas que eu sempre tinha pensado na minha vida. Coisas que eu defendia e nas quais acreditava.

Até então, para mim, não tinha cabimento um cara como o Guilherme pegar aids. Não era *gay*, não usava drogas, não transava com prostituta. Era como se fosse impossível. Ainda bem que muitas coisas andaram mudando na minha cabeça de uns tempos para cá.

A segunda coisa boa, aliás ótima, foi eu ter passado no vestibular. Foi uma alegria imensa para mim. E não fui o único, outros amigos também passaram, inclusive o Guilherme, que realmente havia decidido cursar História.

Mas não foram todos os colegas da minha classe que prestaram vestibular neste ano.

Alguns não o fizeram por falta de dinheiro; outros porque não sabiam bem o que queriam e resolveram dar um tempo; outros ainda por não acreditar que uma faculdade possa trazer alguma compensação para eles no futuro.

Sinceramente, prefiro acreditar que sim. Cresci ouvindo meus pais dizerem que não tinham tido muitas oportunidades e que as coisas antigamente eram mais difíceis.

Não vou discutir se eram mais fáceis ou mais difíceis. Não é porque agora nós temos tanta tecnologia que todos os problemas da humanidade foram resolvidos. Pelo contrário. Há tanto ainda para se fazer e a gente muitas vezes nem sabe como. Acho que é por isso que eu acredito no que estou fazendo.

O sonho de fazer uma faculdade federal ou estadual não se realizou para mim; eu passei numa faculdade particular. Mas, no fundo, isso era uma coisa que eu já tinha previsto. Só que eu sabia que ia me dedicar bastante e ser, como eu disse no começo de tudo, um profissional de sucesso.

A verdade é que faculdades públicas ficam cada vez mais distantes de pessoas que, como eu, estudaram sempre em escolas do Estado.

A maioria dos estudantes das universidades estaduais e federais veio de família que teve condições de investir em seu estudo em escolas particulares desde a pré-escola.

Podem falar o que quiserem, mas a concorrência não é mesmo em pé de igualdade. A gente sabe. As oportunidades não são iguais para todo mundo, para todo jovem que sonha começar uma carreira, encontrar seu primeiro emprego, arrumar um lugar ao sol no mercado de trabalho.

Não é fácil tudo isso, não é mesmo. Principalmente porque, depois de formado, a gente nem tem garantia de que vai conseguir um emprego na área que escolheu. Ainda mais os estudantes que nunca trabalharam e cujo primeiro trabalho vai ser mesmo depois da universidade.

Mas eu sei também que, hoje, muitas empresas já estão abrindo suas portas exatamente para esses recém-formados. Algumas delas acreditam que muitas vezes é melhor ensinar, moldar o funcionário de acordo com o perfil da empresa, do que contratar alguém já com vícios de outros lugares.

Bom, cada um tem a sua cabeça, cada empresa tem a sua filosofia. Mas de uma coisa eu sei: eu não desanimo diante de todos esses conflitos, não. Eu tenho certeza de que o meu caminho está apenas começando. Tenho uma vida inteira para lutar, para batalhar e construir tudo o que eu quero.

Acredito que tudo vá depender do meu esforço e da minha luta pessoal, porque eu acho que a vida é mais ou menos isto mesmo: a gente tem que traçar os objetivos e acreditar que vai conseguir chegar lá. Não teria graça nenhuma se não fosse assim.

Não sei o que eu vou dizer ao meu filho quando ele crescer. Talvez a vida dele seja bem diferente da minha, que também foi e é diferente da dos meus pais, que foi mais diferente ainda da vida dos meus avós e bisavós.

Talvez eu possa falar um monte de coisas sobre objetivos, planos, metas... Olha só eu falando como se já fosse um administrador de empresas!

Quer saber? Acho que a nossa vida é assim mesmo. A gente administra, vive, curte, emociona, cuida e ama.

Sempre.

A autora

Convivo com adolescentes diariamente. Sempre penso em como essa fase da vida é gostosa, cheia de descobertas, de novidades, mas igualmente cheia de situações conflituosas e de escolhas. Fase em que os amigos são tudo, fase em que o amor acontece e em que o desejo de se entregar de cabeça às emoções que surgem uma atrás da outra, sem descanso, é muito forte. O viver é intenso, a vontade de aproveitar a vida e poder curtir tudo o que ela nos oferece também.

Mas sabemos que não dá para fazer tudo isso sem responsabilidade ou correríamos o risco de nos magoar, de sofrer. Tudo tem que ser bem pensado e planejado.

Que adolescente não sabe que uma gravidez indesejada prejudica toda a sua vida e a de todos os que convivem com ele? Mas as famosas estatísticas confirmam que a gravidez na adolescência só tem aumentado. Aliás, os casos de aids também vêm crescendo entre os adolescentes.

E por que será que isso acontece? Não é por falta de informação. Não podemos aceitar o fato de que meninas de 14 ou 15 anos – apesar de a gravidez ocorrer até mesmo antes dessa idade – não saibam dos riscos que correm quando transam desprotegidas. Não só a meninas, mas os meninos também, é claro, pois a responsabilidade é dos dois. É inaceitável culpar apenas um ou outro.

Muitos dizem que isso ocorre porque os adolescentes se sentem imunes a qualquer tipo de coisa ruim em sua vida – as doenças ou a própria morte são vistas como algo inatingível. Outros dizem que é porque os jovens se entregam às emoções sem planejar nada, pensando que sexo é uma coisa do momento, que não se pode perder as oportunidades.

Entretanto, a vida sexual precisa de um planejamento, sim. E nem por isso será menos prazerosa. Como disse a médica e especialista em saúde pública Sara Romera Sorrentino, “usar como argumento que sexo feito de maneira segura e planejada perde a graça seria o mesmo que negar o conforto e o prazer de estar bem agasalhado numa noite de frio”. Não é a mais pura verdade?

Talvez fosse a hora de cada um realmente questionar seus valores, como por exemplo pensar no peso que uma relação sexual tem de verdade, pensar nos riscos, que são muito sérios e que podem transformar toda a vida da pessoa. Não só a dela, como de toda a sua família.

E pensar, principalmente, onde é que realmente fica o amor nisso tudo. Pelo outro e pela própria pessoa.

Tânia A. Martinelli

Entrevista

Pai? Eu?! aborda temas relacionados ao universo adolescente, como orientação sexual e profissional. Agora, vamos saber como a autora Tânia Alexandre Martinelli concebe e se relaciona com sua obra?

Ao escrever este livro, você teve a intenção de orientar o adolescente quanto à sexualidade e à escolha profissional?

• Penso que a vida do adolescente hoje é mais difícil que alguns anos atrás. A todo momento ele é bombardeado com mil e uma questões, levado a tomar decisões importantes para ele e seu futuro. É cobrado pelos pais, pela sociedade. Com isso, não posso negar que um dos meus objetivos tenha sido esse. A ideia é fazer com que o adolescente, por meio das situações conflitantes existentes no livro, questione seus valores e se conheça, para que ele próprio busque o que é melhor para a sua vida.

Nesta obra, os diálogos entre pais e adolescentes só ocorrem tardiamente, como remediador dos fatos, tanto na gravidez de Cláudia, quanto na doença de Guilherme. E mesmo assim são evitados pelos filhos, que, em alguns casos, são mal recebidos pelos pais. Você acha que os pais não dão conta de ter conversas sinceras e esclarecedoras com seus filhos sobre sexo e responsabilidade? Por quê?

• Não se trata de os pais não darem conta. Algumas famílias acabam criando uma barreira que impede que pais e filhos tenham um diálogo mais franco e aberto. Comprovadamente, alguns adolescentes ainda evitam ou não se sentem à vontade para falar com seus pais sobre seus problemas. As DSTs e a contaminação pelo vírus da aids estão aumentando entre os adolescentes, coisa que há alguns anos ocorria praticamente só entre adultos. O número de adolescentes grávidas também não diminui, apesar das contínuas informações que chegam aos jovens todos os dias. No livro, eu quis retratar um pouco dessa realidade – a de a maioria dos filhos não se abrirem com seus pais. Cabe a cada família refletir como é a sua realidade e se não seria a hora de mudar.

NA SUA OPINIÃO, AS ESCOLAS DEVERIAM ASSUMIR O PAPEL DE EDUCAR E ORIENTAR OS ADOLESCENTES SEXUAL E PROFISSIONALMENTE?

• Assumir sozinhas, não, mas sim de fazer um trabalho em conjunto com os pais, que não devem se esquivar dessa responsabilidade. Eu acredito que, de certa forma, as escolas já fazem isso. Muitos professores proporcionam discussões e debates justamente para que os adolescentes se questionem e procurem esclarecer suas dúvidas. Sei de escolas que, no final do ensino médio, por causa da escolha da carreira profissional, promovem várias palestras com especialistas, testes vocacionais, excursões às universidades, além de incentivar os alunos a conversarem com estudantes ou pessoas já formadas, para que eles tenham o maior número de informações possível e possam, assim, escolher sua profissão com mais segurança. Entretanto, nada é 100% garantido e o adolescente deve saber que ele pode voltar atrás e se sentir no direito de fazer nova escolha, sem tanta pressão.

VOCÊ ESCOLHEU NARRAR A HISTÓRIA DA GRAVIDEZ NA ADOLESCÊNCIA DO PONTO DE VISTA MASCULINO. LUCA VÊ-SE UM TANTO PERTURBADO POR ESSE FATO, MAS ACABA TENDO O APOIO DOS PAIS PARA LEVAR SUA VIDA ADIANTE, SEM DEIXAR DE ASSUMIR PARTE DA RESPONSABILIDADE. PARA CLÁUDIA, A SITUAÇÃO NÃO SE DEFINE. NÃO SABEMOS QUAIS SÃO SEUS SONHOS E SE ELA TERÁ CHANCE DE CONCRETIZÁ-LOS DE ALGUMA FORMA. SE ESTA HISTÓRIA FOSSE CONTADA POR CLÁUDIA, ELA TERIA UM DESFECHO DIFERENTE?

• Quando escolhi narrar a história do ponto de vista do Luca foi porque eu penso que, às vezes, o lado do garoto numa situação dessas é esquecido. Não é só a garota que sofre. Se ele é responsável, com certeza também passa por muitos conflitos internos. Claro que a garota acaba sendo muito mais cobrada que o garoto, não há dúvida disso. As pessoas atribuem maior responsabilidade ao que aconteceu a ela, o que não é verdade. Ambos são responsáveis. Quanto ao desfecho da história, ele seria diferente apenas no sentido de mostrar mais o que teria acontecido com ela, os seus anseios e dúvidas, os outros fatos não mudariam.

Como você escolhe os temas de suas obras? Você procura retratar várias opiniões a respeito dos temas sem se envolver ou expõe sua opinião?

• Sou uma pessoa que gosta de ler e também bastante observadora e atenta com o que acontece no nosso dia a dia. Quando algum assunto me chama a atenção, mexe comigo de alguma forma, pode estar certo de que ele vai acabar fazendo parte de uma nova história. Foi assim quando escrevi um livro sobre drogas, sobre a injustiça que é uma criança ficar fora da escola, sobre o problema do menor infrator, sobre a ditadura da beleza, entre outros. O que gosto de fazer é provocar no leitor algum tipo de questionamento, reflexão, mexer com seus pensamentos e suas ideias. Muitas vezes um personagem acaba trazendo o meu pensamento e a minha opinião. Não como uma coisa certa, acabada, mas sim no sentido de fazer refletir.

Você pesquisou muito para escrever este livro? Quais foram suas fontes de pesquisa? Caso algum leitor queira saber mais sobre os temas abordados nesta obra, o que você sugere?

• Quando escrevo um livro procuro me inteirar do assunto antes. E com isso faço várias leituras e pesquisas. Não só por meio de livros, mas de tudo que me chega às mãos, como artigos de jornais e revistas, além de conversas com algumas pessoas especialistas na área da pesquisa. Para escrever esta história não foi diferente. Sobre vocação e escolha profissional, algumas pesquisas foram feitas em artigos das revistas *Galileu*, *Pais & Teens*, *Mundo Jovem* e *Educação*. Um livro que li e achei muito bom foi *Comportamento sexual em debate*, da editora Moderna, de vários autores, organizado por Marcia Kupstas. Ele traz diversos artigos com vários especialistas, numa linguagem bastante didática, voltada especialmente ao jovem adolescente. Acredito que os adolescentes e até mesmo os pais iriam gostar de lê-lo.